Les Petits Conseils

Les Petits Conseils

de Laurie Peret

Michel Lafon

118, avenue Achille-Peretti – CS 70024
92521 Neuilly-sur-Seine Cedex
www.michel-lafon.com

À mon deuxième masque à oxygène,
à celle qui a donné du sens à ma vie
en y foutant un sacré bordel,
à ma fille, Jana.

Préface

(avec beaucoup de citations et de références
car ça fait vachement plus stylé)

« Il faut une très grande maturité
pour être capable d'être parent,
car cela implique d'être conscient
que ce n'est pas une situation de pouvoir,
mais une situation de devoir,
et qu'on n'a aucun droit à attendre en échange »,

disait Dolto.

« J'ai eu du mal à avoir des enfants,
et si c'était à refaire, je ne le referais pas »,

disait ma mère.

Il y a, je pense, autant de visions de la maternité qu'il y a de mères.

Depuis mon plus jeune âge, j'ai toujours su que j'étais faite pour être maman, comme dévorée par l'envie d'aimer et d'être aimée à mon tour d'une manière déraisonnée, irréversible, incontrôlable, désintéressée, inconditionnelle, irrationnelle et surtout éternelle. L'envie de fabriquer une petite chair, une petite chère, qui me ressemblerait, et à laquelle je m'attellerais chaque jour de ma vie à « montrer tout ce que je sais » (comme disait Baloo dans *Le Livre de la jungle*, « ça va être vite fait », lui répondait d'ailleurs Bagheera ! Oui, chacun ses références...). En tout cas, tout donner, pour obtenir de ce petit être la meilleure version de lui-même. Je ne sais plus où j'ai entendu, ni même qui a dit, qu'**être parent, c'est être le réalisateur du film de souvenirs de son enfant**, mais je l'en remercie. Cette phrase m'a servi.

Ma fille est arrivée par accident. J'ai fait un déni de grossesse de trente minutes avant de comprendre que la plus belle chose qu'il me soit donné un jour de vivre était en train de m'arriver. Pour ne rien vous cacher, mon couple allait très mal, presque autant que ma carrière artistique de chanteuse R'n'B de banlieue.

Et alors que j'étais une petite racaille en mal d'amour et de reconnaissance, insolente et téméraire, j'ai chialé pendant neuf mois, comme un ballon gonflé d'hormones, fragilisée par l'émotion et la gratitude.

Même si le fantasme de la maternité a toujours été très présent, je n'étais absolument pas prête à ce que cela allait donner dans la vraie vie. Vraiment pas.

Je ne savais pas que je serais si seule, je ne savais pas que ce serait si dur, je ne savais pas que je l'aimerais autant. En fait, comme le disait l'autre connasse de *Game Of Thrones* dans la neige : *« You know nothing, Jon Snow. »*

Pour en faire une métaphore, je pense qu'entre la théorie et la pratique, il y a un pont, voire une autoroute. Chacun construit sa voie, plus ou moins sinueuse, pour relier les deux. Comme toutes les autres mères, c'est ce que je m'évertue à faire, plus ou moins bien, tous les jours, avec peu de moyens mais beaucoup d'amour, d'arnica, de dérision (et d'alcool).

Mon slogan de vie a toujours été « rigole ou crève ». Et je peux vous dire que je me suis marrée. *On* s'est marrées (hein, Jana !).

Déjà, lorsque vous devenez maman, vous vous apercevez vite que tout le monde y va de son petit conseil, du simple choix du prénom jusqu'à vos préceptes d'éducation. Tout le monde. Mais comme le disait Clint Eastwood dans *L'Inspecteur Harry* : « Les avis, c'est comme les trous du cul, tout le monde en a un. » (Si vous n'aimez pas les références, je ne peux vraiment rien pour vous.)

Alors modestement, je vais vous donner le mien, d'avis. Il n'appartient qu'à moi. Libre à vous d'en faire usage.

Personne ne sait
mieux que vous.

Vous êtes la clé de tout.

Sans pression.

Faites-vous confiance. Car si vous êtes assez forte pour douter, c'est que vous êtes assez forte pour savoir que vous n'êtes pas parfaite. Et c'est tant mieux.

Avez-vous déjà fait attention aux consignes de sécurité données avant le décollage de l'avion ? Non, pas celles qui parlent des parfums et bouteilles d'alcool à des prix avantageux, non, celles juste avant. L'hôtesse vous explique (certes, avec des gestes absolument pas raccord) qu'en cas d'urgence, lorsque vous êtes accompagnée d'enfants et que les masques à oxygène tombent du plafonnier, vous devez vous en munir en premier. Pour la simple et bonne raison que si vous ne vous sauvez pas vous-même, vous ne serez pas en mesure de sauver les autres. Avez-vous compris ? Je vous parle à vous, vous et vos neurones, pas à votre fourbe instinct maternel qui voudra immédiatement tout donner à votre progéniture ingrate et beuglante.

Sauvez-vous. VOUS. En premier.

Reposez-vous. Aimez-vous. Ne restez pas avec quelqu'un que vous n'aimez pas, « pour les enfants » (facile à dire, je sais). Soyez créative, optimiste, trouvez des subterfuges, des refuges, des ami(e)s, des allié(e)s, des béquilles. Boitez, trébuchez, bâillez, allaitez uniquement si vous en avez envie (et, si possible, faites-le dans des lieux publics, parce qu'on les emmerde). Soyez belle, ou dégueulasse, sortez, *chillez*, restez une gamine.

En gros, pensez toujours à mettre votre masque à oxygène en premier.

Je voudrais également témoigner mon admiration à tous les papas qui font le job.

J'adresse enfin une pensée émue à tou(te)s les potes qui ont accouru chez moi quand j'avais les cheveux gras, des cernes et les mains dans la merde. Ceux qui sont venus m'aider à nettoyer quand je n'avais plus la force, ceux qui m'ont juste donné leur sourire parce que le nettoyage n'était pas leur truc, ceux qui m'ont trouvé du courage alors que je me sentais complètement à la rue.

Merci.

Et c'est bien parce que
je vous conseille de n'écouter que vous,
que je me suis permis d'écrire
un livre de conseils.

Faites-en bon usage.

Conseil n° 0

Comment retrouver votre vie de femme après le tourbillon de la maternité

Vous vous apprêtez à découvrir ce livre, si vous le lisez dans l'ordre. Et j'ai un peu peur de vous faire un peu peur.

Mais ce conseil est le numéro zéro car il me paraît essentiel.

Et j'ai eu la réponse à cette question si essentielle par une leçon de vie qui s'est un jour imposée à moi.

Alors que je rentrais, fatiguée, éreintée par ma vie de jeune mère qui se coltine tout, et surtout par cette putain de poussette qui pèse une tonne et qui se plie facilement mon cul, j'aperçus ma vieille amie Odile. Odile a deux enfants bien plus grands que ma fille. Odile était là, absolument superbe, rajeunie, ostensiblement sexuellement comblée.

Je me revois, les cheveux gras, la tache de vomi sur l'épaule gauche, lui demander tout ouïe, envieuse, prête à adhérer à son parti :

« Mais quel est ton secret ? »

Dans un rire strident qui lui sert de signature vocale, elle me livra le Graal : la garde alternée.

Vous vous rappelez cette chanson de IAM, *Quand tu allais, on revenait* ? Pour moi, Odile était une ancienne, je savais donc qu'elle avait emprunté le même chemin avant moi. Et visiblement, le retour avait l'air beaucoup plus cool.

Ce fut une révélation.

Je suis une mère et une femme. Les deux. Je n'ai pas à choisir. J'aime être les deux. Mais le fait est que les deux en même temps, c'est de la merde. Il me fallait cette alternance.

Peu de temps après, je me séparai du père de ma fille. J'obtins la garde exclusive. Sans pension alimentaire. (Merci d'avoir acheté ce livre.)

Je comprends que vous ne soyez pas prête. On ne l'est jamais vraiment. Mais en attendant de trouver le courage nécessaire et un bon avocat[1], vous découvrirez sans doute, dans ce livre, quelques conseils qui vous feront gagner du temps, de l'argent et un peu de liberté.

Et n'allez pas croire que je vous incite fatalement au divorce. Simplement, cessons de nous mentir, si ça allait bien avec votre mec, vous ne seriez pas à la recherche de votre vie de femme.

À bientôt pour de nouveaux conseils et n'oubliez pas : parfois, la meilleure solution n'est rien d'autre qu'une question de bon sens.

1. Si besoin, je connais quelqu'un de très bien.

Conseil n° 1

Comment faire de votre grossesse non désirée une véritable opportunité financière

On a toutes songé à acheter un grand congélateur ou à avaler un grand verre de white-spirit en découvrant « trop tard » notre grossesse. Cependant, en y réfléchissant un peu, cela peut être une véritable opportunité financière d'avoir un enfant. Voici quelques conseils pour rentabiliser votre grossesse, voire « refiler le bébé », comme on dit.

S'il y a bien un mot d'ordre, c'est qu'il faut agir très rapidement, et ce, dès le début ! Rassurez-vous, c'est la partie la plus fun du plan : dès que vous apprenez votre grossesse, multipliez les relations non protégées avec des partenaires différents. L'avantage, c'est que vous ne pouvez plus tomber enceinte. Privilégiez, de préférence, les partenaires avec de bons revenus et un bon bilan de santé. (Toujours pénible d'apprendre qu'on a chopé le sida.)

Laissez reposer.

Au bout de quelques mois, rappelez vos partenaires et annoncez-leur la grande nouvelle. Plus vous aurez eu de partenaires, plus vous multiplierez vos chances de cumuler les pensions alimentaires. Pour les meilleures négociatrices, vous pouvez même obtenir des gardes alternées entre les papas, ainsi vous n'aurez plus qu'à gérer les départs et les retours, comme une sorte de point relais !

La clé du succès de cette opération repose sur deux facteurs essentiels : **la bonne gestion des horaires** afin que personne ne se croise dans la cage d'escalier, et **la cohérence du casting** des partenaires avec le potentiel physique de l'enfant. Encore que, de nos jours, la génétique fasse parfois des choses surprenantes.

Attention, cette technique est limitée dans le temps. À l'âge de 3 ans, l'enfant entre à l'école et commence à parler (pour les moins cons). Vous devrez donc ne garder qu'un seul père. Mais vous aurez eu trois ans pour le choisir. Et puis trois ans, c'est tout de même un bel âge pour faire connaissance avec votre enfant ! Dites-vous que vous vous serez épargné les couches, les biberons et les nuits difficiles. Sans compter que je possède d'excellents conseils pour initier les enfants aux tâches ménagères et au bricolage à cet âge (voir conseil n° 10).

Vous pouvez reproduire cette technique à l'infini, autant de fois que nécessaire, mais sachez qu'au bout de trois fois : jackpot ! Vous bénéficierez en plus d'aides sociales conséquentes. L'occasion peut-être, pour vous, de prendre enfin la pilule et de dépenser tout ce putain de blé. Vous l'aurez, après tout, bien mérité.

À bientôt pour de nouveaux conseils et n'oubliez pas : parfois, la meilleure solution n'est rien d'autre qu'une question de bon sens.

Conseil n° 2

Comment allaiter votre enfant en public sans être jugée par les autres

C'est impossible.

Que vous vous couvriez ou non,
ou à moins que vous ne soyez dans un autre pays,

c'est impossible.

Vous-même, vous vous jugerez.

C'est une situation très violente qu'il faudra appréhender avec sérénité car, si vos seins vous le permettent, vous n'y couperez pas. Vous maudirez votre enfant qui, par ses pleurs stridents, vous obligera à sortir votre nichon dégoulinant dans la galerie marchande d'un supermarché de province. Vous vous en voudrez de ne pas avoir pensé à tirer votre lait, vous vous en voudrez de céder à ses pleurs, vous vous en voudrez de tout et de n'importe quoi et vous en voudrez à tous ceux qui vous toisent. Vous vomirez intérieurement sur leurs gueules, leur regard méprisant envers votre enfant, votre nichon et vos hormones.

Mais c'est ainsi.

Et comme une tradition absurde qu'il faut perpétuer, vous vous surprendrez un jour peut-être à toiser une pauvre femme allaitant, pas par mépris, oh non, mais parce qu'il n'y a pas de raison que vous soyez passée par là et pas elle.

À bientôt pour de nouveaux conseils et n'oubliez pas : parfois, la meilleure solution n'est rien d'autre qu'une question de bon sens.

Conseil n° 3

Comment faire un déni de grossesse post-partum

Référez-vous directement au conseil n° 42.

À bientôt pour de nouveaux conseils et n'oubliez pas : parfois, la meilleure solution n'est rien d'autre qu'une question de bon sens.

Conseil n° 4

Comment retrouver la ligne après une grossesse

(et je ne vous parle pas d'un changement d'opérateur)
(oui, je peux faire une blague dès le titre)
(OK, elle n'est pas ouf)
(mais elle vaut ce qu'elle vaut)
(et c'est mon livre)

On connaît toutes une fille, de près ou de loin, qui nous a dit un jour : « Tu sais que moi, en sortant de la clinique, je rentrais dans tous mes jeans… » La pute. Parce que nous, en sortant de la maternité, nous avons demandé à refaire une échographie pour vérifier qu'il ne restait pas un autre bébé bloqué à l'intérieur. Et malheureusement, ce qui semblait bloqué à l'intérieur n'était autre que la résultante de cette insatiable envie de Granola en semaine 35 (et je parle en aménorrhée – vous aussi vous méprisez celles qui « parlent en aménorrhée » ?), envie que l'on n'a visiblement pas du tout refrénée.

Depuis bébé, votre vie a complètement changé et votre tour de taille aussi, et cela vous déprime.

Autant pour votre vie, il vous faudra lire tout ce livre, voire obtenir une ordonnance, autant pour votre ligne, j'ai quelques conseils.

Premièrement, **référez-vous au conseil n° 42 sans modération aucune**, sinon cela produirait l'inverse de l'effet escompté. Car, consommé avec modération, l'alcool ne représente qu'une source de calories supplémentaire, alors que, consommé avec abus, au-delà de décupler votre envie de danser ainsi que votre souplesse, l'alcool provoque, dans la majeure partie des cas, de grosses complications gastriques, allant de la simple purge à l'incapacité totale de manger pendant plusieurs jours.

Deuxièmement, **laissez le temps au temps**. Oui, cela ressemble à l'un de ces mantras débiles de développement personnel, mais le fait est que, dans ce cas précis, il n'y a rien de plus vrai.

Vous ne le savez peut-être pas encore, mais dès lors que votre enfant fera ses premiers pas en collectivité, il développera son immunité. Cela signifie qu'il enchaînera toutes les maladies (angine, bronchite, rhino, gastro, varicelle...) et que, par là même, vous aussi. Cela facilitera de facto votre perte de poids. Et de moral. Et de patience. Pouvant même aller, pour les plus fragiles, jusqu'à faciliter votre divorce. Et là, en termes de perte de poids...

C'est jackpot !

Enfin, il est scientifiquement prouvé qu'appliquer mes quarante-cinq[1] conseils ainsi que racheter deux exemplaires de ce livre entraîne automatiquement une ostensible perte de poids.

---

1. Oui, il n'y a que quarante-trois numéros, mais comme il y a un conseil n° 0 et un conseil n° 32 *bis*, cela fait 43 + 2 = 45. J'anticipe les relous.

*À bientôt pour de nouveaux conseils et n'oubliez pas :
parfois, la meilleure solution n'est rien d'autre
qu'une question de bon sens.*

Conseil n° 5

Comment choisir le bon mode de garde pour bébé

L'heure est venue pour vous de reprendre en main votre vie professionnelle et, donc, de confier votre bébé. Toutefois, vous hésitez parmi les différents modes de garde...

Hahahahahahahahahahahahahahahahahahahahahahahahahahahahahahaha
hahahahahahahahahahahahahahahahahahahahahahahahahahahahahaha
hahahahahahahahahahahahahahahahahahahahahahahahahahahahaha.

Permettez-moi de rire devant tant d'innocence.

Hahahahahahahahahahahahahahahahahahahahahahahahahahahahahaha
hahahahahahahahahahahahahahahahahahahahahahahahahahahahahaha
hahahahahahahahahahahahahahahahahahahahahahahahahahahahaha.

Pardon, je ris encore.

Vous hésitez ?

C'est donc que vous pensez avoir le choix ?

Laissez-moi vous expliquer ce qui va se passer : vous ne trouverez aucune place en crèche, à moins de n'avoir aucune contrainte d'agenda, vous n'aurez même pas le loisir de réfléchir à la question de savoir si vous pouvez, oui ou non, faire confiance à telle ou telle nourrice, bien qu'elle soit diplômée, car vous n'aurez pas les moyens de vous l'offrir, enfin si, mais elle vous coûtera quasi l'équivalent de votre salaire, justement ce pour quoi vous recherchez un moyen de garde pour votre enfant, de là vous appellerez votre mère qui se sera tout à coup découvert une nouvelle passion pour la marche nordique, rendant une quelconque disponibilité en journée impossible.

Voilà, en gros, quelle que soit votre préférence, vous n'aurez pas le choix. Vous prendrez ce que vous trouverez.

Et sans doute qu'à votre prochain retard de règles, par souci de prévoyance, sur le chemin de la pharmacie, vous passerez à la mairie déposer un dossier pour la crèche.

En tout cas, pour cette fois, *bon chance*[1].

À bientôt pour de nouveaux conseils et n'oubliez pas : parfois, la meilleure solution n'est rien d'autre qu'une question de bon sens.

1. Mon éditrice qui flirte dangereusement avec la quarantaine et qui a peur qu'on l'accuse d'avoir laissé une faute m'oblige à expliciter cette référence à *Taken*.

Conseil n° 6

Comment réussir le coucher de votre enfant afin qu'il vous foute la paix rapidement

On nous a toutes seriné l'importance du fameux « rituel du coucher », pour garantir un endormissement serein à bébé et une nuit réparatrice pour maman. Ça, c'est en théorie. Parce qu'en pratique vous constatez qu'après un bain, un câlin, douze chansons et l'intégrale de la bibliographie de *P'tit loup*, votre môme pète autant le feu qu'Hanouna sous vitamine C, enfin qu'Hanouna, quoi. Vous en avez ras le bol de mettre quatre plombes à l'endormir, tout ça pour qu'au final votre enfant soit en grosse *darka* de 21 heures à 4 heures du matin ? J'ai, pour vous, quelques conseils.

Pour vous garantir une soirée tranquille, et ce à partir de 20 heures, il vous suffit de feindre qu'il fait nuit beaucoup plus tôt. Vous êtes le gouvernement (voir conseil n° 11). À la manière du gouvernement, économisez votre énergie en avançant l'heure. Et à la manière du gouvernement, vous serez surprise de constater à quel point vous duperez tout le monde avec une grotesque supercherie.

Pour commencer, aux alentours de 16 h 30, préparez un bain bien chaud à votre enfant. Pendant que celui-ci joue dedans, profitez-en pour fermer les volets. Laissez passer quelques minutes. Ensuite, dans le cas où le bain s'est bien déroulé, demandez à votre enfant de sortir de l'eau « vite, vite, car la nuit est déjà tombée ! ». (Dans le cas contraire, sortez-le vous-même du bain et référez-vous au conseil n° 33.)

Vous allez tout de même rencontrer quelques difficultés pour l'endormissement – normal, il n'est que 17 heures. Là encore, je vous livre un conseil, ou plutôt une vieille recette de grand-mère : je veux, bien sûr, parler de la bonne grosse cuillerée de sirop pour la toux (je pense toujours à ce refrain : « C'est le morceau de sucre qui aide la médecine à couler », qu'entonnait cette visionnaire de Mary Poppins). Dans ce cas précis, je préconise le Toplexil – derrière son petit goût de caramel, cette potion vous couche un cheval. *Et pour plus d'efficacité, je double avec l'album de Julien Doré.* (À ne pas confondre avec celui de Vianney, qui peut provoquer l'épilepsie allant jusqu'à l'aphasie chez les plus fragiles d'entre nous.)

Passez ensuite quelques minutes à lire, enfin à résumer, son histoire préférée.

Vous serez surprise par l'efficacité de cette méthode et pourrez désormais disposer de votre soirée, et ce dès 18 heures pour les plus douées.

À bientôt pour de nouveaux conseils et n'oubliez pas : parfois, la meilleure solution n'est rien d'autre qu'une question de bon sens.

Conseil n° 7

Comment mettre fin aux réveils nocturnes

Référez-vous directement au conseil n° 42.

À bientôt pour de nouveaux conseils et n'oubliez pas : parfois, la meilleure solution n'est rien d'autre qu'une question de bon sens.

Conseil n° 8

Comment vous arrêter aux toilettes sur une aire d'autoroute quand vous voyagez seule avec votre enfant en bas âge

À moins que vous vous soyez retrouvée dans cette situation, il est normal que cette question ne vous soit pas encore venue spontanément à l'esprit. Pour autant, elle mérite réflexion.

Sachez que j'ai eu beau y réfléchir, à moins de placer l'enfant dans sa poussette et vous résoudre à faire la porte ouverte, je n'ai pas trouvé la réponse. Si vous l'avez, n'hésitez pas à me la faire parvenir directement sur ma boîte mail :

commentchiersuruneairedautoroutequandonestseuleavecbebe@gmail.com

J'ai cependant listé toutes les pistes à éviter :

– **Laisser votre enfant dans la voiture** (même avec la fenêtre ouverte). Quelqu'un pourrait le voir et, dans un élan d'égocentrisme, vous péter la vitre arrière.

– **Confier votre enfant à un inconnu** rencontré dans la station-service. Déjà, parce que c'est un inconnu, et puis, je ne sais pas pour vous, mais savoir que quelqu'un attend que je termine me bloque complètement.

– **Cacher votre enfant dans un frigo** sous les sandwichs aux œufs (parce que ceux-là, personne ne les touche). Même si c'est la solution qui paraît la plus évidente, rappelez-vous que si quelqu'un vous voit, mettre son bébé dans un frigo est souvent mal perçu.

– **Construire un matelas de papier toilette** à même le sol, au pied de la cuvette, pour y poser votre bébé pendant votre affaire. Déjà essayé. Vous n'aurez jamais assez de papier pour vous deux. Le choix est impossible.

Il ne vous reste donc plus qu'à déboutonner votre jean et ouvrir la fenêtre en priant pour que ça passe.

À bientôt pour de nouveaux conseils et n'oubliez pas :
parfois, la meilleure solution n'est rien d'autre
qu'une question de bon sens.

Conseil n° 9

Comment faire les boutiques tranquille avec votre enfant en bas âge

Même si vous n'avez pas encore retrouvé votre ligne (ce n'est qu'une question de temps si vous vous référez au conseil n° 4), il vous tarde d'aller claquer votre prime de naissance chez Zara et vous savez que vous serez sans doute interrompue en pleine frénésie de shopping par un biberon, une couche ou le solde de votre compte. Toutefois, j'ai une solution pour faire les magasins avec bébé dans une tranquillité parfaite. (En ce qui concerne le solde de votre compte, à part vous conseiller d'augmenter le plafond de votre découvert, je ne peux rien pour vous.)

On a toutes, dans notre entourage, un pote célibataire à l'affût de la moindre occasion et prêt à tout pour conclure. Le genre de mec que l'on appelle plus communément un « charo » (abréviation de « charognard », et on a tous compris pourquoi). Le mien, à l'époque, s'appelait Andy. Nous étions très proches et c'était, en effet, un vrai charo.

Je lui avais fait part d'une technique extrêmement payante pour conclure avec la gent féminine. La technique dite du « kikinou ». Beaucoup de femmes sont très sensibles à la mignonnerie. La simple vue d'un bébé ou d'un chaton génère chez elles une telle empathie qu'elles éprouvent l'incontrôlable besoin d'approcher l'appât (oui, c'est le terme) pour le câliner. (Pour ma part, il s'agit plutôt d'une pathologie. J'ai cette inexplicable pulsion qui m'oblige à les étouffer, voire les écraser d'amour. Je ne vous cache pas que j'envisage évidemment d'en parler à un professionnel. Sous peu.)

J'avais donc proposé à Andy de l'aider à expérimenter cette technique et, parce qu'il était mon ami, de lui prêter, en guise d'appât, ma mignonne petite fille, un samedi après-midi au centre commercial.

Ce fut un véritable succès, et ce, pour nous deux. J'avais enchaîné les boutiques pendant que lui s'était pavané devant un parterre de femmes ébahies par sa dextérité à bercer cette petite poupée.

Une sorte de journée *win-win* (comme aiment le dire tous ces petits cons qui bossent dans le marketing).

Après avoir chacun passé l'après-midi à dénicher la perle, nous étions tous deux rentrés, moi avec de nouvelles baskets et lui, une charmante brunette, aussi pressés l'un que l'autre d'arriver à la maison pour les essayer.

Nous nous sommes assez rapidement mis d'accord pour renouveler l'expérience tous les samedis.

À bientôt pour de nouveaux conseils et n'oubliez pas :
parfois, la meilleure solution n'est rien d'autre
qu'une question de bon sens.

Conseil n° 10

Comment faire de votre enfant votre serviteur (pour les 3-6 ans)

Il est évident qu'avoir un enfant engendre un énorme surcroît de travail, surtout en termes de tâches ménagères : cuisine, vaisselle, lessive, rangement, nettoyage... Et ça, c'est dans le meilleur des cas. Parce que si, en prime, votre enfant est con, vous pouvez rapidement vous retrouver avec des pans de murs entiers à repeindre, ou des trous à reboucher à l'enduit parce que ce gros con sera monté de tout son poids sur l'étagère sous la télé, là où vous installez votre box Internet, en prétextant qu'il est Spider-Man, parce que sa mère, votre copine d'enfance, lui laisse faire tout ce qu'il veut à ce petit con. Et comme vous n'avez pas que ça à foutre de faire de l'enduit et que vous ne savez même pas percer un trou, cette putain d'étagère tient, depuis, grâce à deux piles de bouquins que vous n'avez jamais lus mais que vous aviez entreposés dans votre bibliothèque pour faire genre.

Vous trouvez ingrat que toutes ces tâches vous incombent alors qu'il en est l'unique responsable ? Vous avez raison. J'ai donc, pour vous, quelques conseils.

Partons de deux constats d'une logique implacable :

1. Imaginaire ou réel, les enfants ont besoin d'un modèle, d'un exemple auquel s'identifier. Misez sur l'imaginaire.

2. Les enfants aiment regarder les dessins animés, ne les en privez pas, bien au contraire.

Vous me voyez venir ?

En effet, grâce à la subtile dose de misogynie et de patriarcat qu'injectent les scénaristes dans leurs dessins animés, les endoctriner s'avérera un jeu d'enfant (si je peux me permettre ce jeu de mots d'une lourdeur absolue, que j'ai déjà dû utiliser dans d'autres conseils comme une grosse lourde).

Il vous suffira donc de baigner vos petites filles dans *Cendrillon* ou *Blanche-Neige*, et de leur expliquer que pour être un jour délivrées par un prince, elles se doivent de briquer la maison, parce que quand on y regarde bien, ce ne sont pas ces grosses feignasses de Javotte et Anastasie qui finissent dans le carrosse. Quant aux petits garçons, malheureusement, aucun de leurs modèles n'effectue de tâches ménagères, et n'allez pas vous imaginer qu'en les collant devant *Bob le bricoleur* ils seront fichus de vous changer une chasse d'eau. Toutefois, rien ne vous empêche de les mettre devant *Le Roi Lion*, d'abord parce que c'est un chef-d'œuvre, et surtout parce que ça vous fera toujours deux heures de tranquillité. Vous pourrez ensuite en tirer profit, en rappelant simplement à vos enfants que c'est en désobéissant que Simba a tué Mufasa... Ainsi culpabilisés, il sera plus simple d'en obtenir ce que vous voulez.

À bientôt pour de nouveaux conseils et n'oubliez pas : parfois, la meilleure solution n'est rien d'autre qu'une question de bon sens.

Conseil n° 11

Comment faire de votre enfant votre serviteur (pour les plus de 6 ans)

Passé un certain âge, les enfants finissent parfois par se rendre compte qu'on se fout de leur gueule, même si cela n'empêche pas les petites filles de continuer à croire au prince charmant et les petits garçons d'être convaincus qu'ils seront un jour les maîtres de l'univers. En revanche, avec l'âge, vous constaterez que les manipuler devient plus compliqué. Toutefois, observer la facilité avec laquelle nous sommes nous-mêmes baladés par le système, et ce jusqu'à la fin de nos jours, devrait vous rassurer, voire vous inspirer !

En effet, vous l'avez compris à vos dépens et assez rapidement, rien n'est gratuit dans la vie. « Qui travaille, mange. » C'est vrai, pourquoi accepterions-nous nos boulots de merde, sinon pour avoir tout le loisir de remplir notre panier Asos à notre guise, depuis notre canapé, devant *NCIS* ? Partant de ce postulat, vous saisissez la nécessité de créer votre propre système économique.

Vous êtes LE gouvernement de votre maison.

La loi, c'est vous. Aussi, il vous revient d'instaurer une grille tarifaire des services dont votre peuple (votre ou vos enfants) pourra bénéficier (repas, loyer, vêtements…) et le montant du SMIC horaire des tâches que votre peuple devra accomplir (aspirateur, ramasser la télécommande, massage…). Vous pouvez même créer votre propre monnaie. Pour assurer le respect des lois que vous avez inventées, vous devrez également mettre en place un système judiciaire, jusqu'au carcéral.

Vous inculquerez ainsi la valeur des choses et du travail à votre enfant.

Il lui arrivera de trouver injuste que vous lui ponctionniez 20 % de ses revenus sous prétexte d'impôts prélevés à la source, ou même que vous lui facturiez une Danette au prix d'un nettoyage de salle de bains. Ne doutez pas. Vous êtes dans le vrai. C'est certes injuste, mais la vie est injuste, et mieux vaut le leur faire comprendre tôt. Et puis vous êtes LE gouvernement. Le gouvernement ne doit jamais se remettre en question.

À bientôt pour de nouveaux conseils et n'oubliez pas :
parfois, la meilleure solution n'est rien d'autre
qu'une question de bon sens.

Conseil n° 12

Comment régaler votre enfant quand vous cuisinez comme une merde

Le soir, on rentre du boulot (quand on en a un) et on se demande quoi faire à manger. C'est vrai qu'il est souvent compliqué de confectionner un menu équilibré qui plaise à notre enfant. Surtout si on essaie de lui faire manger des légumes ! J'ai cependant trouvé une petite astuce qui devrait égayer vos dîners avec bébé, et pas que !

Vous avez sans doute remarqué que, pour les enfants, l'apparence des aliments l'emporte sur le goût. Il vous suffit donc de conserver les emballages de ses plats ou friandises favoris et de réaliser quelques trompe-l'œil. Respecter la règle des cinq fruits et légumes par jour, tout au long de la journée, devient alors un jeu d'enfant !

Un raisin dans un Schoko-Bon, des concombres dans un sachet de frites...

Vous verrez qu'en mettant un peu de magie dans vos repas, vous pourrez lui faire avaler n'importe quoi. Moi, par exemple, mon enfant a longtemps préféré les bananes pourries car je lui avais expliqué que les grosses taches noires étaient du chocolat.

Un moyen ludique d'éviter le gaspillage !

De plus, rappelez-vous combien vous étiez désespérée de voir votre enfant ne jurer que par les fast-foods ou les gâteaux industriels, ou même à quel point il vous était impossible de manger un Balisto en toute discrétion sans que votre mioche rapplique au moindre bruit de froissement d'emballage. Désormais, grâce à cette méthode, tout sachet lui évoquera le goût d'un légume dégueulasse que vous ne savez, de plus, pas cuisiner. Ainsi, il s'abstiendra de venir vous harceler pendant votre petit plaisir gourmand pour vous en réclamer un bout comme un clébard.

Cependant, il faut bien avouer qu'avec le temps le subterfuge s'essouffle jusqu'à finir par faire chier tout le monde. Et sans doute vous sera-t-il encore plus difficile de satisfaire le goût de votre bambin. Mais rassurez-vous, car même si vous cuisinez comme une grosse merde, il vous restera toujours le fast-food d'à côté qui, en plus, a le bon goût de vous accepter comme vous êtes.

À bientôt pour de nouveaux conseils et n'oubliez pas :
parfois, la meilleure solution n'est rien d'autre
qu'une question de bon sens.

Conseil n° 13

Comment aller faire les courses avec votre enfant peut devenir une sortie très excitante

Il est évident que faire les courses, c'est chiant. (Je parle bien sûr de courses alimentaires, parce que sinon c'est vachement bien.) Il est vrai qu'on n'a jamais entendu personne dire : « Putain, j'ai trop hâte d'être lundi pour pouvoir aller faire mes courses à Auchan, l'occasion rêvée de me faire méga bonne et, en plus, de faire de bonnes affaires ! »

Or, ne serait-ce justement pas ce qu'il faudrait se dire ? Un peu d'autopersuasion ne fait jamais de mal. Un peu d'autopersuasion ne fait jamais de mal. Un peu d'autopersuasion ne fait jamais de mal.

De plus, vous avez un atout pour rendre ce moment bénéfique : votre enfant ! (Un peu d'autopersuasion ne fait jamais de mal.)

Ne sous-estimez pas l'avantage que vous retirerez de sa présence.

Mettez-vous sur votre trente-et-un, mais pas trop non plus, vous allez à Auchan. Votre jean spécial cul et un petit ravalement de façade feront l'affaire (enfin, j'espère).

Installez votre enfant à la place assise du Caddie, cela vous évitera de l'égarer et, de fait, la honte générée par une annonce micro en caisse centrale. (Parce qu'il faut savoir qu'il y a deux choses que les femmes redoutent en devenant maman : chier pendant l'accouchement et une annonce micro en caisse centrale.)

Maintenant que vous vous sentez au top, rien ne peut ébranler votre confiance en vous. Vous souriez à tout le monde et tout le monde vous sourit en retour. Enfin, surtout les agents de sécurité (et c'est ce qu'on veut). Vous pouvez donc vous pavaner à votre guise dans les rayons, tout en remplissant votre Caddie de produits industriels. Vous serez prise d'une subite envie de donner de grandes leçons de vie à votre enfant en parlant très fort, tout en regardant autour de vous pour bien vous assurer que tout le monde admire la mère incroyable qui se cache derrière ce cul d'enfer. Ne le faites pas. Vous pourriez le regretter. Non, restez sûre de vous, sympathique mais discrète.

C'est là que votre enfant entre en jeu. Vous savez que ce sera plus fort que lui de vous réclamer quelque chose, une poupée, un paquet de chips… cédez-y immédiatement.

Ainsi occupé,
il ne vous gonflera pas.

Pour des raisons pratiques, rangez une partie de vos courses dans son sac à langer ou son sac à dos que vous aurez accroché à l'avant du Caddie. (Privilégiez les produits pour enfants et les produits coûteux type foie gras ou spiritueux… N'allez pas vous faire péter pour des gnocchis à poêler.)

Si vous avez une poussette, c'est jackpot.

Rendez-vous directement en caisse prioritaire, ne passez pas par la case départ. Car faire les courses avec un enfant en bas âge vous en rend directement bénéficiaire.

Lorsque votre tour de déposer les articles sur le tapis approche, arrachez sans attendre le petit cadeau de départ des mains de votre enfant. S'ensuivra assurément une énorme colère. Ne la calmez pas.

Tout le monde aura les yeux braqués sur vous. Chacun ira de sa petite réflexion acerbe. Ne vous laissez pas déstabiliser, même si vous pourrez toujours trouver un peu de soutien dans le regard des autres mamans (en tout cas, celles faisant du 36) et des agents de sécurité… L'important est que tout le monde vous regardera vous, et pas votre Caddie.

Profitez de ce petit élan de stress pour faire accélérer la cadence de la caissière.

Votre crainte que les portiques sonnent sera invisible, car elle sera assimilée par les autres comme de la gêne légitime due au comportement de votre enfant. (Alors qu'en fait ça ne fait chier que les autres.) Et rassurez-vous, car si les portiques sonnent, vous saurez à qui faire porter le chapeau et personne ne vous contredira.

Vous êtes invisible. Vous êtes invincible. Et votre jean vous va à merveille.

En revanche, si les portiques ne sonnent pas, et c'est ce qui arrive dans 90 % des cas (un peu d'autopersuasion ne fait jamais de mal), vous ressentirez un bien-être intérieur spectaculaire. Comme une immense satisfaction (que vous devrez masquer, car elle ne sera pas de circonstance) d'avoir arnaqué avec classe tout un système capitaliste en tirant simplement avantage de votre situation sociale, et ce en forçant le respect autour de vous dans votre super petit jean moulant.

Vous ressortirez donc dignement du magasin en roulant du cul et consolerez votre enfant sur le parking. Les plus fortes auront même réussi à dissimuler le cadeau de départ dans le sac et pourront le lui offrir à nouveau dans la voiture (technique de satisfaction de l'enfant abordée au conseil n° 17). Les moins expérimentées pourront, elles, enseigner à leur enfant la valeur des choses et l'importance de ne pas réclamer.

Alors, vu sous cet angle,
vous n'avez pas hâte d'aller faire les courses ?

*À bientôt pour de nouveaux conseils et n'oubliez pas :
parfois, la meilleure solution n'est rien d'autre
qu'une question de bon sens.*

Conseil n° 14

Comment paraître épanouie dans votre rôle de mère

Vous visualisez cette jeune maman élégante, *brushée*, au jardin d'enfants, oui, celle qui a confectionné, pour son petit Léo, une compote de fruits bio cueillis dans une ferme locale car elle priorise les circuits courts, celle qui rit à chaque descente de toboggan, celle qui reprend toujours son enfant dans un français parfait sans jamais crier mais à un volume subtilement maîtrisé pour que vous l'entendiez et la jalousiez (cette petite pute), celle qui pense à tout quand vous pensez simplement que vous avez oublié de prendre du feu et que vous n'allez pas pouvoir péter votre putain de clope dans ce maudit parc. Vous êtes mitigée entre l'envie de lui asséner **un coup de surin en pleine poitrine** (NTM représente) et l'envie d'être comme elle : épanouie dans son rôle de mère.

Toutefois, si vous relisez la question, vous y verrez deux mots très rassurants : « paraître » et « rôle ». Vous comprenez donc qu'il n'est pas question d'être épanouie mais bien de simplement le paraître.

N'est-ce pas là, finalement,
comme nous l'insuffle Instagram,
le secret du bonheur ?

Parce que se mentir à soi-même reste toujours la meilleure façon de mentir aux autres, pour paraître épanouie dans votre rôle de mère, faites appel à vos talents de comédienne. Telle une actrice hollywoodienne, lorsque vous êtes en public, incarnez le personnage. Copiez les attitudes, comme rire très fort, regarder et encourager votre enfant dans toutes ses acrobaties inintéressantes, l'applaudir même parfois.

Tout doit vous réjouir.

Avant de sortir, pensez à bien retirer les emballages des gâteaux industriels que vous lui donnerez au goûter et à placer ces derniers dans un Tupperware afin de laisser sous-entendre que vous les avez faits vous-même. (Aussi, lavez-vous les cheveux. Les mamans épanouies ont toujours les cheveux propres.)

Prenez cela comme un jeu de rôle, entrez dans la peau du personnage.

Et si vous remarquez bien, des rôles à jouer, la femme n'en manque pas, au cours de sa journée.

Vous vous surprendrez peut-être à profiter pleinement de ce « rôle » de mère épanouie car vous savez qu'il n'est que temporaire (on parle de quelques minutes à la sortie de l'école, et de quelques heures le mercredi aprèm voire le week-end) et que vous n'aurez pas à vous encombrer des stigmates de ce personnage lorsque vous serez dans vos autres « rôles ». En effet, il n'est absolument pas obligatoire d'adresser la parole à votre enfant ni même de vous y intéresser lorsque vous êtes en :

– *working girl*

– femme fatale

– technicienne de surface d'intérieur

– championne de fitness

– ...

Faites tout de même attention, car à jouer à la mère parfaite, au-delà de n'éprouver aucune culpabilité, il peut s'avérer assez satisfaisant d'entrer dans la peau d'une autre. Raison pour laquelle vous devez le faire avec modération afin de ne pas devenir définitivement une connasse. (Ref : *La mère parfaite est une connasse*[1]. Bisou les sœurs Girard.)

À bientôt pour de nouveaux conseils et n'oubliez pas : parfois, la meilleure solution n'est rien d'autre qu'une question de bon sens.

1. Anne-Sophie et Marie-Aldine Girard, *La mère parfaite est une connasse*, J'ai lu, 2020.

Conseil n° 15

Comment faire garder (gratuitement) votre enfant par un proche à la dernière minute

Voici enfin venu le jour où vous allez rencontrer votre *date* Tinder et vous ne savez pas quoi faire de votre enfant. Même s'il nous est à toutes arrivé de songer à l'emmener en prétextant dépanner une amie, ou même à le laisser dans la voiture, nous savons bien que, dans ces conditions, il sera impossible de conclure. Et à soixante euros l'épilation intégrale, il serait dommage de ne pas rentabiliser.

J'ai pour vous un conseil très simple, qui a déjà fait ses preuves mais qui nécessite un poil d'organisation.

Contactez l'une de vos amies.

Mais pas n'importe laquelle.

Celle qui adore les potins et qui peut se déplacer jusque chez vous. La mienne, par exemple, s'appelle Héloïse.

Contactez donc votre Héloïse, et faites-lui croire que vous avez quelque chose d'incroyable à lui raconter mais que vous ne pouvez pas le faire par téléphone. Ajoutez-y une notion d'urgence évidemment, cela nourrira son désir d'en connaître.

Préparez tout au préalable : le dîner, la douche, le pyjama... afin que votre amie en ait le moins à faire. Ainsi, vous réduirez la liste des futurs reproches.

Ne vous apprêtez pas, cela éveillerait ses soupçons. Préparez simplement un sac à emporter avec votre tenue et votre *make-up*. Vous vous rénoverez (oui, c'est le terme) dans la voiture ou aux toilettes du lieu du rendez-vous.

Une fois votre Héloïse arrivée, prenez l'air grave, et reproduisez à la lettre le scénario suivant.

Demandez-lui de s'asseoir auprès de votre enfant et dites-lui :

« Il m'est arrivé un truc incroyable, tu dois jurer de n'en parler à personne... »

Empoignez alors d'un geste brusque votre téléphone et déclarez avec conviction :

« Mon Dieu, je dois partir, je reviens vite, je t'explique à mon retour ! »

Quittez votre domicile sur-le-champ. N'oubliez pas votre sac d'affaires de pute. Au bout d'une dizaine de minutes, renvoyez un texto à votre Héloïse pour la rassurer mais pas trop, du genre : « Les choses se compliquent, je ne sais pas quand ils vont me libérer, je te tel dès que je peux. Prends bien soin de XXX (prénom de votre enfant). Je t'aime. » (Vous pouvez même donner quelques indications du style « il y a des pâtes dans le frigo », mais pas trop, pour ne pas éveiller ses soupçons.) Soyez sereine. Ce n'est plus à vous de vous en faire. L'inquiétude s'emparera de votre amie et, ce sentiment invasif l'emportant sur tout autre, elle ne pensera même pas à vous en vouloir. Bien au contraire. Elle se sentira investie d'une mission : vous aider.

Profitez au maximum de votre soirée. J'ai d'ailleurs, pour cela, quelques conseils (voir conseil n° 42).

L'heure du retour a sonné.

Remettez votre tenue initiale.

Entrez chez vous avec l'air grave.

Après avoir remercié votre Héloïse, dites-lui simplement que votre histoire est réglée mais que vous ne pouvez lui donner plus de détails. Car vous avez trop peur pour elle et que vous l'aimez trop pour l'impliquer là-dedans. Mais rassurez-la. Il est possible qu'elle ponctue par des « tu te fous vraiment de ma gueule » : n'y prêtez pas attention.

Gardez votre sang-froid.

Même si elle est un peu gonflée de vous dire ça – après tout, vous auriez très bien pu être en danger. C'est vrai, vous vous êtes tout de même aventurée chez un sombre inconnu qui vous a fait boire du vin bon marché en vous parlant de son boulot inintéressant de développeur web.

Vous conviendrez que c'est une technique à usage unique, à moins que votre Héloïse soit débile ou que vous possédiez, dans votre répertoire, plusieurs Héloïse qui ne se connaissent pas.

À bientôt pour de nouveaux conseils et n'oubliez pas :
parfois, la meilleure solution n'est rien d'autre
qu'une question de bon sens.

Conseil n° 16

Comment faire pour que votre entourage ne s'aperçoive pas que votre enfant est con

On a toutes essayé la médecine douce sur nos enfants – l'homéopathie, le shit ou le Lexomil – mais, malgré ça, vous n'arrivez pas à dissimuler en société que votre enfant est con, pas même quand il dort.

J'ai pour vous quelques conseils, parce que c'est vrai que s'il est compliqué d'être le con de la soirée, être la maman ou le papa du con peut s'avérer tout aussi difficile.

Dans un premier temps, vous pouvez tout simplement prétendre que vous ne le connaissez pas. Si, toutefois, l'enfant manifeste des gestes familiers envers vous, vous pouvez expliquer que vous l'avez adopté il y a peu. C'est une technique qui fonctionne surtout si votre enfant est de couleur et vous non, ou inversement.

S'il y a bien un lieu où cette situation peut devenir très embarrassante, c'est à l'école. À la moindre remarque du corps enseignant, n'hésitez pas à inventer un problème de précocité ou de génie incompris, en utilisant avec aplomb des répliques du style :

« Le système scolaire est totalement inadapté à son génie. »

« Les enfants dotés d'un tel quotient intellectuel sont très pudiques quant à leurs capacités. »

« Douze craies ? Elle a mangé douze craies ? C'est fou parce qu'à la maison elle dévore les livres ! »

En revanche, ne faites surtout pas ses devoirs à sa place,
vous pourriez griller votre couverture !

Pour regagner un peu d'estime et de confiance en vous en société, il est important de côtoyer des gens dont les enfants sont encore plus cons que le vôtre. (Une sorte de dîner de cons, si vous voulez, mais pour enfants.) Cependant, restez vigilante, car si vos amis, aussi, vous sollicitent beaucoup, ayez à l'esprit qu'ils emploient peut-être la même technique. Allez savoir après quel enfant est le plus con. On a souvent bien du mal à les départager.

Toutefois, gardez en tête que votre entourage est plus objectif que vous sur votre progéniture. De fait, ils ont dû, bien avant vous, s'apercevoir à quel point votre enfant était con comme une valise. Là encore, réfléchissez bien, tous ces efforts sont-ils vraiment nécessaires ?

À bientôt pour de nouveaux conseils et n'oubliez pas :
parfois, la meilleure solution n'est rien d'autre
qu'une question de bon sens.

Conseil n° 17

Comment gâter votre enfant sans dépenser un centime

Effectivement, Noël approche à grands pas, et vous vous demandez comment gâter votre enfant sans vous ruiner.

Soyons honnêtes, qui n'a pas essayé de trouver un moyen de punir son enfant à l'approche des fêtes ? Aujourd'hui, je vous propose une méthode infaillible et surtout très simple.

Il suffit de lui confisquer discrètement ses jouets préférés tout au long de l'année. Sur le coup, il est possible que l'enfant éprouve de la déception, peut-être même un peu de chagrin. **Mais restez forte face à son désarroi**, songez plutôt à la joie que les lui réoffrir va lui procurer. Ça n'a pas de prix.

Cette sensation, vous la connaissez. Rappelez-vous l'intense satisfaction éprouvée quand vous avez retrouvé, par le plus grand des hasards, une boulette de shit ou un billet de dix euros au fond d'une poche de jean ?

Vous l'avez pris comme un cadeau du ciel, alors qu'en fait il ne s'agissait que d'un oubli de votre part. Tout est là. Les petits bonheurs de la vie résident parfois en notre capacité à y apporter de la magie.

Voir le visage de votre enfant s'illuminer en découvrant, sous le papier cadeau, la petite poupée borgne qu'il a tant cherchée, n'est-ce pas cela, la magie de Noël ? Au-delà de le rendre heureux, vous en tirerez également toute la gloire, et bénéficierez ainsi du statut de héros – enfin, vous ou le Père Noël.

L'avantage de cette technique, que je qualifierais d'écoresponsable, est que son succès est 100 % garanti. Vous avez déjà fait l'expérience de vous saigner pour acheter un jouet qui finit dans un carton, boudé à la faveur de ses peluches guenilles, parfois des pinces à linge... Impossible ici : en lui offrant ses jouets déjà préférés, vous serez sûre de lui faire plaisir !

Attention, peut-être l'aurez-vous deviné mais cette méthode ne fonctionne pas avec tous les jouets. Je le précise, j'en ai fait les frais à l'anniversaire de ma fille avec Cookie, son hamster. Outre le fait qu'elle était inconsolable au moment de sa disparition, le problème est que j'avais oublié de faire des trous dans l'emballage. La nuit dans le Tupperware ne lui a pas porté conseil. Cookie était complètement sec au déballage. Ma fille a, malgré tout, sauté de joie, elle était si heureuse de le retrouver ! Puis Cookie a commencé à s'émietter...

En revanche, pour les autres trucs pas vivants, cette technique fonctionne plutôt bien.

À bientôt pour de nouveaux conseils et n'oubliez pas :
parfois, la meilleure solution n'est rien d'autre
qu'une question de bon sens.

Conseil n° 18

Comment optimiser les chances de réussite scolaire de votre enfant

Si vous en êtes à vous poser cette question, c'est sans doute pour deux raisons. Soit vous doutez de votre enfant, soit vous doutez de vous, soit vous doutez des deux, ce qui fait au final trois raisons mais j'ai la flemme de réécrire la phrase. Quoi qu'il en soit, vous avez raison. N'écoutez pas ceux qui vont tenter de vous rassurer avec des phrases toutes faites type :

« ça va aller »

ou « fais-toi confiance »

ou encore « t'as acheté où ton jean ? ».

Douter est toujours une bonne chose.

C'est vrai, le doute n'est-il pas la résultante d'une réflexion dont l'analyse ne vous aurait pas paru suffisamment précise et donc, de ce fait, une preuve d'intelligence et d'humilité de votre part ? Si je vous ai perdue au fil de cette phrase, sachez que vous avez davantage raison de douter, mais pas trop, car j'ai, pour vous, quelques conseils.

Vous ne pourrez rien contre vos lacunes, ni celles de votre enfant.

Les choses sont ce qu'elles sont. Mais parce que vous en avez fait les frais dans le passé avec cette grosse pute de Mme Moulin, professeur d'anglais mal baisée et raciste, vous savez que la seule personne qui a le pouvoir de vie ou de mort sur votre parcours scolaire est le professeur principal, le maître ou la maîtresse. C'est donc sur eux que vous allez devoir influer.

Avant même d'analyser à qui vous avez affaire, il existe certains gestes quotidiens que vous pouvez appliquer pour mettre toutes les chances de votre côté.

Premièrement, **lavez, bichonnez votre enfant avant qu'il aille à l'école**. Les adultes ont toujours plus d'empathie envers un enfant qui sent bon et qui n'a pas le nez qui coule.

Deuxièmement, **incitez votre enfant à régulièrement faire à son enseignant des petits cadeaux mignons** type dessins, lettres, bouquets de fleurs cueillies sur le rond-point… Les adultes ont toujours plus d'empathie envers un enfant lèche-cul et qui sent bon. Faites de même pour vous. Les adultes ont toujours plus d'empathie… enfin bref, vous avez compris.

N'oubliez pas, vous aussi, de faire un petit cadeau de fin d'année à l'enseignant comme le font les autres parents lèche-cul[1] (vous pouvez utiliser la méthode écoresponsable évoquée au conseil n° 17, qui consiste à recycler quelque chose, et en période de Noël, ce ne sont pas les chocolats qui manquent).

Peu importe comment, vous devez réussir à vous mettre cette personne dans la poche, pour en faire votre nouvel ami. Ça va aller.

Faites-vous confiance.

Vous savez le faire, sinon vous n'auriez jamais payé moitié prix votre révision de bagnole.

Vous pouvez également vous rapprocher de la garde rapprochée : gardien, directrice, surveillants…

1. En réalité, il y a deux fins d'année : la fin d'année civile et la fin d'année scolaire. Les vrais feront deux cadeaux.

N'allez pas croire que notre projet est d'aller cirer des chaussures. Non.

Voyons grand, visons loin.

Comme s'infiltrer sournoisement dans tout le système de l'établissement jusqu'à détenir des informations compromettantes et se débrouiller pour que les personnes compromises l'apprennent et flippent tellement leur mère qu'elles feront tout pour que tout se passe comme prévu, parce que C'EST NOTRE PROJET !

Je m'emballe un peu, mais c'est comme ça, certains sujets déchaînent les passions...

Mme Moulin cachait qu'elle était alcoolique. Je suis donc passée en première. Elle avait sombré dans l'alcool à la suite d'un harcèlement téléphonique qui était allé un peu trop loin.

En plus, c'était elle qui avait laissé son numéro sur le carnet de liaison en début d'année.

À bientôt pour de nouveaux conseils et n'oubliez pas : parfois, la meilleure solution n'est rien d'autre qu'une question de bon sens.

Conseil n° 19

Comment éviter que votre enfant ne devienne un gros bouffon de victime

Face au consternant paradoxe que nous vivons dans un monde de fils de putes complètement aseptisé, nous sommes tous un peu tiraillés entre protéger nos enfants et les endurcir.

Lors de discussions avec d'autres parents, j'ai souvent entendu : « Moi, quand il tombe, je ne le ramasse pas, je l'encourage à se relever lui-même, ça le rend plus fort. » Oui, et tout ça pour ensuite l'enduire d'arnica, de granules homéopathiques, d'un pansement princesse, d'un câlin, d'un gâteau, d'une comptine, d'une chanson et ferme ta gueule.

Bon, je ne dis pas non plus qu'il faille les laisser saigner, ni même leur apprendre à lécher leur sang... (Je dis ça parce qu'un jour au parc j'avais assisté à une scène où une dame disait à son fils, qui venait de s'écorcher le genou sur le bitume, de lécher son sang, en prétextant que c'était une méthode naturelle, puisque, la preuve, les chiens le faisaient.

Ce à quoi je n'ai pas pu m'empêcher de répondre très fort : « En même temps, si on se comportait tous comme des chiens, on reniflerait le cul des gens en chiant sur le tapis ! »

J'avais ensuite pris une balle en regardant son fils et l'avais jetée loin pour qu'il aille chercher, le bon chien-chien. Comme il n'avait pas réagi, j'avais tapé très fort dans mes mains en lui tournant autour pour l'exciter un peu et en lui disant : « Quessecé quessecé ? » Face à son incapacité à mordre le bâton que je lui tendais, sa mère avait fini par ramasser son enfant, excédée, et avait quitté le parc dans la minute. Elle s'était sans doute rendu compte du ridicule de son comportement...)

Tout ça pour dire que je ne pense pas que notre réaction face à leur chute joue en quoi que ce soit sur leur devenir, car on peut toujours en débattre, qu'en est-il de ceux qui ne tombent pas ?

Il est de notre devoir de les former à se défendre. C'est l'étymologie même du mot « parent » : parer, contrer le mal. N'est-il pas bien connu que la meilleure des défenses est l'attaque ? Vous devez donc – autant que possible – mettre votre enfant face à l'injustice jusqu'à ce qu'il développe un esprit de colère et de révolte. Car pour être un bon attaquant, il faut pouvoir faire preuve d'agressivité.

Je propose un petit rituel à faire avec votre enfant qui fonctionne très bien. Punissez-le régulièrement pour un motif totalement fictif. Condamnez-le à rester dans sa chambre tout un week-end. Vous serez étonnée de la fulgurance des résultats. Au-delà de la haine que cela va générer chez lui, un peu à la manière de l'*escape game*, cette expérience enrichira son esprit de stratégie et d'analyse.

De plus, vous pourrez en profiter pour prendre du temps pour vous.

Et que personne ne s'imagine que vous avez fait tout ça pour ça.

À bientôt pour de nouveaux conseils et n'oubliez pas :
parfois, la meilleure solution n'est rien d'autre
qu'une question de bon sens.

Conseil n° 20

Comment éviter un enlèvement d'enfant

On a toutes en nous l'angoisse de nous faire un jour, dans un moment d'inadvertance, enlever notre enfant.

Je parle bien évidemment de kidnapping, car si ce sont les services sociaux qui décident d'enlever votre enfant, là, je n'ai pas de solution pour vous (petites veinardes) !

Alors pour éviter de vous retrouver dans une situation de kidnapping, ce qui peut s'avérer stressant pour un parent, sans parler de toute la paperasse que cela engendre (formulaire de plainte, fiche alerte enlèvement, proches à prévenir, rendez-vous chez le dentiste à annuler...), j'ai développé une technique imparable.

Pour ne pas se faire enlever son enfant, la solution se trouve dans l'énoncé : il suffit de ne pas avoir d'enfant ! Alors, je vous vois venir, vous allez me dire la même chose que votre mec sur le moment : « Oups, trop tard ! »

Trop tard mais pas con, la guêpe !

Pour vous, une astuce. Et si, pour sortir, vous déguisiez votre enfant en autre chose qu'un enfant ?! L'aspect ludique de cette méthode est que l'on peut tout imaginer. Laissez parler votre créativité.

Moi, par exemple, mon costume préféré est celui du techos (prononcé « tékos »). Pour info (et peut-être aussi pour maximiser vos chances de vous coucher moins con), un techos est un intermittent du spectacle spécialisé dans la technique. Il se situe physiquement entre le clochard et le festivalier, proche du punk à chien sans chien mais avec du Gaffer (c'est un gros scotch noir que seuls les techos possèdent, ils en raffolent).

Quand les enfants sont tout petits, qu'ils marchent à quatre pattes, on peut facilement les déguiser en animal. Moi, je le faisais tout le temps. Avec mon ex, on la déguisait en chien et c'était tellement mignon qu'on finissait par oublier que c'était un costume. Les balades qu'on a faites...

Ma sœur, qui, elle, a beaucoup plus le sens du détail que moi, déguise ma nièce de 7 ans en adulte verticalement réduite et c'est fou parce que, avec le tailleur et les talons, elle fait vraiment la blague. Pour plus de sécurité et d'authenticité dans les magasins, elle la vouvoie et l'appelle Martine. Elle la fait passer pour une collègue de bureau. L'avantage, c'est que, maintenant, sa gamine est hyper calée en bureautique. Comme quoi, on peut allier sécurité et pédagogie.

Cela étant, vérifiez bien, car si votre enfant est moche, vous ne serez pas concernée par la problématique.

À bientôt pour de nouveaux conseils et n'oubliez pas :
parfois, la meilleure solution n'est rien d'autre
qu'une question de bon sens.

Conseil n° 21

Comment avouer sans douleur à votre enfant que le Père Noël n'existe pas

Le Père Noël a longtemps été d'un grand soutien dans notre éducation. Aussi craint qu'adoré, il a régné, d'une main de fer, en maître omniscient et sournois, capable, à lui seul, de faire avouer, plier, ranger, masser tous les mioches, même les plus récalcitrants.

Et bien que nous ayons toutes allègrement profité de cette supercherie, et bien que nous ayons adoré nous émerveiller devant notre progéniture s'extasiant à la vue de son costume rouge au détour d'un centre commercial, **arrive un âge où il est temps que votre enfant sache**, avant de passer pour un con, qu'il s'agit tout bonnement d'un intermittent du spectacle en mal de cachets.

En ce qui me concerne, le déclic s'est fait alors que je sortais des courses. Parce que ma fille de 5 ans me harcelait pour avoir une photo, nous avons attendu plus de quinze minutes, chargées comme des mules, devant le trône vide du Père Noël, jusqu'à ce qu'un agent de sécu vienne nous dire, sans plus de ménagement, que le Père Noël était en pause clope. Je me suis alors figuré cet inconnu dont j'ignorais tout, de son casier judiciaire jusqu'à son orientation sexuelle, revenir en sifflotant et puant le tabac froid, pour prendre ma fille sur ses genoux. Je ne saurais vous dire pourquoi, mais j'ai pas aimé. Il était temps que cela cesse.

Et parce que vous savez que la déception sera grande, il est important qu'elle ne vienne pas de vous. (Vous avez déjà eu suffisamment de mal à expliquer l'absence de certains jouets au pied du sapin l'an dernier.)

La solution est là.

La question est maintenant de savoir qui vous allez mandater.

On se rappelle tous comment nous avons découvert le pot aux roses, et il est probable que nous en voulions encore au messager (après, il y a d'autres raisons qui me poussent à dire que mon frère est un gros con, mais oui, *ça* reste tout de même dans la liste). Je préconise donc de choisir un enfant plus âgé, que vous n'aimez pas trop. Moi, j'avais pris Milan, l'enfant d'une amie d'enfance. Ce petit con n'avait qu'à pas démonter l'étagère de ma télé en sautant dessus avec son costume de Spider-Man défraîchi (les ravages de Vinted).

Ainsi, cela ne vous gênera pas que votre enfant lui en veuille, voire qu'il manifeste de l'agressivité envers lui. Lorsque votre bébé viendra pleurer auprès de vous, vous le consolerez en lui confirmant qu'il a raison, Milan est un gros con. Et Milan pourra toujours dire que c'est vous la responsable parce que c'est vous qui l'avez fait chanter et forcé à avouer le secret du Père Noël, personne ne le croira. Car vous savez, il sait, nous savons que la parole d'un enfant n'a aucun poids face à celle d'un adulte.

Cheh.

À bientôt pour de nouveaux conseils et n'oubliez pas :
parfois, la meilleure solution n'est rien d'autre
qu'une question de bon sens.

Conseil n° 22

Comment avouer sans douleur à votre enfant qui est son véritable père

Nous adorons les faire rêver tout en nous sentant ignoble de leur faire croire de telles inepties, voici tout le paradoxe maternel. Et parfois, certains mensonges nous rattrapent. Comme le jour où, parce que les questions deviennent trop fréquentes ou trop techniques, vous savez qu'il est grand temps, pour vous comme pour lui, que votre enfant cesse de croire que son géniteur n'est autre que Mike Horn. Ou un autre. Moi, j'avais pris Mike Horn parce qu'il est, d'après moi, le plus sexy et le plus héroïque des pères absents (pour mon enfant, j'entends, pour les siens, j'en sais foutre rien). De plus, grâce à son accent, j'avais expliqué à mon enfant qu'il parlait une langue inconnue, empêchant ainsi toute forme de communication.

Mais s'il y a un précepte fort dans l'éducation que je n'ai pas encore évoqué, c'est bien celui du jeu.

Tout peut s'apprendre et tout peut se dire par le biais du jeu. Le jeu est porteur de valeurs citoyennes comme l'écoute, le partage, le respect des règles, l'esprit de compétition, la délation, la tricherie... tâchons de nous en servir à bon escient.

L'idée est donc de détourner des jeux de société bien connus pour servir votre cause et ainsi aborder des sujets sensibles de manière ludique.

Prenez le temps, un dimanche après-midi pluvieux, de remanier le célèbre jeu « Qui est-ce ? » en y intégrant la photo du géniteur à la place de celle de Bill et en renommant le jeu « Qui est ton papa ? ». Une manière ludique de découvrir qu'il porte une moustache et un bracelet électronique et que bravo ! c'est Matthieu le plombier.

Je vous donne cet exemple mais d'autres jeux peuvent s'y prêter, comme le jeu des 7 familles, un puzzle ou même le célèbre « Cluedo ». En revanche, pour ce dernier, vous serez obligée de préciser un lieu et à l'aide de quel objet.

À bientôt pour de nouveaux conseils et n'oubliez pas :
parfois, la meilleure solution n'est rien d'autre
qu'une question de bon sens.

Conseil n° 23

Comment gagner de l'argent depuis chez vous maintenant que vous êtes bloquée à cause de votre enfant

Même si l'intitulé de la question vous fait penser à certaines phrases d'accroche de fenêtres Internet qui s'ouvrent parfois quand on regarde des trucs sur l'ordinateur la nuit, on a toutes étudié la question. Qui n'a pas tenté de gagner un peu d'argent en vendant sur Le Bon Coin des trucs qui ne nous appartiennent pas, ou en organisant des pots communs pour les anniversaires ou les obsèques de proches, ou encore en essayant d'entrer en contact avec des grossistes de drogue pour leur proposer d'héberger la came, parce que, dans le fond, ça ne vous reviendrait pas plus cher, et que personne ne passe chez vous, et que vous vous emmerdez comme un rat mort ? On en est là, parce que le fait est qu'à moins de vivre en autarcie de ses propres récoltes en chiant dans du compost, nous avons besoin de consommer.

Et si la solution était plutôt qu'au lieu de chercher un quelconque pouvoir d'achat nous cherchions à obtenir tout ce dont nous avons besoin gratuitement ?...

Je vous parle de sponsoring, de placement de produits.

C'est l'art de faire des vidéos en y intégrant très discrètement quelques marques tout en buvant un café torréfié venu tout droit de Colombie, dans une cuisine Ikea fonctionnelle et adaptée. Parce que vous dites non aux pointes sèches et au sébum graisseux, et que vous portez toujours des semelles Scholl pour réaliser vos compotes bio tout en vous sentant fraîche grâce à votre Cup menstruelle.

Vous me suivez ?

La seule question à vous poser pour orienter vos vidéos et commencer à construire votre communauté est : de quel type de produits avez-vous besoin ?

Une fois vos besoins identifiés, envoyez des images qui vendent du rêve, devenez une véritable influenceuse et faites-vous ainsi repérer par des marques qui vous enverront gratuitement leurs produits.

Montrez vos talents sur Instagram en mettant votre vie en scène.

En revanche, il est primordial d'être objective sur vos capacités, car il est clair que vous ne pourrez pas vous lancer dans des tutos *make-up* si vous êtes plus belle de dos, de même pour les tutos cuisine si vous n'êtes pas foutue de réussir une béchamel (après, la béchamel, c'est peut-être pas le bon exemple puisqu'on peut très bien la rater une fois et pour autant prétendre être une bonne cuisinière, parce que, parfois, certaines casseroles accrochent).

Pour les produits bébé, il vous suffit de montrer à quel point vous êtes épanouie dans votre rôle de mère (se référer au conseil n° 14) et combien votre enfant est merveilleux. Vous pourrez toujours améliorer son apparence avec des filtres.

Toutefois, si votre enfant est vraiment moche, vous pourrez vous rabattre sur le chat.

Les gens adorent les vidéos de chat.

Si vous n'avez pas de chat, vous pouvez toujours écrire un guide de conseils absurdes pour les autres mamans.

À bientôt pour de nouveaux conseils et n'oubliez pas : parfois, la meilleure solution n'est rien d'autre qu'une question de bon sens.

Conseil n° 24

Comment réussir à prendre du temps pour vous alors que c'est votre week-end de garde

Référez-vous directement au conseil n° 19.

À bientôt pour de nouveaux conseils et n'oubliez pas : parfois, la meilleure solution n'est rien d'autre qu'une question de bon sens.

Conseil n° 25

Comment gérer un enfant brillant lorsque vous êtes vous-même limitée

Ce conseil m'évoque logiquement cette série télé géniale et drôlissime qui a bercé ma jeunesse : *Malcolm*. Pour rappel, il était question d'une famille dont les membres étaient tous plus idiots les uns que les autres, sauf Dewey, le cadet, qui, dans chaque épisode, illustrait son génie dans l'indifférence générale.

C'est un peu de ça dont il est question ici.

Donc si vous vous sentez concernée par cette problématique, le fait d'en être consciente est déjà la preuve que vous n'êtes pas complètement abrutie. Et bien que vous éprouviez un peu d'envie et de mépris à l'égard de votre enfant, vous serez assez objective pour vous en remettre à des professionnels afin qu'il ne régresse pas à votre seul contact.

Après, il est aussi possible que votre analyse quant aux capacités intellectuelles de votre enfant soit complètement biaisée par votre subjectivité maternelle. Remettez-vous-en tout de même à un professionnel : il est toujours moins difficile d'entendre que votre enfant n'est en aucun cas brillant, voire qu'il est complètement con, de la bouche d'un pédopsychiatre plutôt que de celle de votre belle-sœur.

Même si vous pensez que ce conseil ne vous concerne pas, remettez-vous-en également à un professionnel pour avoir un deuxième avis. Il est possible que vous ne soyez pas en mesure de détecter la brillance de votre enfant ou que son génie soit bien caché... Mieux vaut en être sûre.

Il est également possible que vous soyez tous deux limités, auquel cas vous êtes sans doute assez con pour vous sentir concernée par ce conseil et, forte de votre ignorance, ne m'avez pas attendue pour consulter un professionnel.

En gros, quoi qu'il arrive, faire passer un test de QI à votre enfant ainsi que l'emmener consulter un psy au moins une fois ne peut pas faire de mal. Au mieux, vous sauverez un génie, au pire, vous serez trop con pour souffrir de ne pas en avoir fait un.

*À bientôt pour de nouveaux conseils et n'oubliez pas :
parfois, la meilleure solution n'est rien d'autre
qu'une question de bon sens.*

Conseil n° 26

Comment inculquer à votre enfant des règles que vous ne suivez pas vous-même

Il faut attendre que le petit bonhomme soit vert avant de traverser, il faut attendre que tout le monde soit servi pour commencer à manger, il faut attendre que votre ex vous ait quittée pour refaire votre vie…

Il existe autant de règles chiantes qu'il existe de règles…

Ça vous a pris beaucoup de temps, mais vous avez tout réadapté à votre convenance (Code civil, code de la route, les étiquettes sur les articles, la politesse…) et votre monde fonctionne très bien comme ça.

Cependant, vous êtes consciente que vous devez enseigner les règles « de base » à votre enfant afin qu'il ne se conduise pas n'importe comment, voire plus simplement pour des raisons de sécurité. Or, au-delà du fait que cela vous révolte de lui apprendre à respecter toutes ces conneries, vous avez peur de manquer cruellement de crédibilité. Rassurez-vous, car j'ai, pour vous, quelques conseils.

Vous verrez comme avec un peu d'imagination et de mauvaise foi vous pourrez masquer votre manque de cohérence tout en vous confortant dans votre choix de transmettre à votre enfant des règles faites pour les cons.

Vous venez de le dire vous-même :

Les règles sont faites pour les cons,
vous comprenez donc la nécessité de les enseigner à votre enfant.

(Je ne dis pas que votre enfant est con, mais soyons pragmatiques, cela reste un enfant.)

Afin de lui faire admettre la pertinence des us et coutumes, il est important de lui en prouver la popularité. De fait, incitez-le, le plus souvent possible, à se référer à la masse en citant toujours les autres enfants en exemple avec des phrases interrogatives du style : « Et Pauline, elle, est-ce qu'elle dit des gros mots, Pauline ? » Vous développerez ainsi son esprit de compétition et de camaraderie (et peut-être un peu de haine des autres, mais dans une certaine mesure, cela n'est pas pour nous déplaire (voir conseil n° 19)).

Toutefois, en avançant dans l'apprentissage, il va vite s'apercevoir que vous, vous faites allègrement n'importe quoi. Le jour où votre enfant fait référence à votre propre comportement avec insolence (oui, ils le font toujours avec insolence, ces petits merdeux), au-delà d'appliquer le conseil n° 30 pour qu'il vous parle autrement, faites-lui la technique dite « du fight club ».

Faites-lui promettre de ne pas révéler cette information ultra confidentielle : en réalité, vous appartenez à une société secrète, une société qui gouverne le monde et qui, à elle seule, a le droit d'enfreindre les règles, pourvu que personne ne le voie ou ne le sache.

Pour appartenir à cette société secrète, il faut connaître et respecter toutes les règles de vie jusqu'à ce qu'un membre secret vous repère et vous décerne LE diplôme.

Dites à votre enfant que vous êtes secrètement en train d'étudier son profil pour potentiellement le lui décerner, dans le futur.

Vous conviendrez que, pour pouvoir enfreindre les règles, il faut d'abord les maîtriser. (Le fait que la plupart des braqueurs soient d'anciens banquiers est bien la meilleure illustration que c'est pas con ce que je dis.)

Expliquez-lui que vous, à l'instar de Patrick Balkany, possédez ce diplôme. Mais c'est un secret. Et pour obtenir ce diplôme qui offre l'impunité totale, il y a deux règles : suivre les règles, et ne jamais parler du diplôme. Donnez-lui l'envie d'en être.

Si vous n'avez rien compris à ce que je viens de dire, apprenez-le par cœur ou traversez quand le bonhomme est vert.

Avec un peu de chance, cette histoire impossible motivera votre enfant.

Toutefois, si avec le temps il devient parfaitement poli et asservi, ne le laissez pas rester un gros bouffon toute sa vie. Après tout, c'est votre enfant.

Décernez-lui son diplôme.

Vous saurez que vous avez vraiment fait le job le jour où votre progéniture réussira à voler du mascara chez Sephora sans que vous le lui ayez mis dans la poche et sans qu'il ait crié avant de sortir : « Mais on l'a pas payé, ça !? » Vous éprouverez une immense fierté à le voir passer les portiques du magasin sans sonner et en saluant poliment le personnel.

À bientôt pour de nouveaux conseils et n'oubliez pas : parfois, la meilleure solution n'est rien d'autre qu'une question de bon sens.

Conseil n° 27

Comment vous consoler d'avoir eu un enfant

On s'est toutes demandé ce qui avait bien pu nous passer par la tête de faire un enfant. Mais si vous vous rappelez bien, ce jour-là, ce n'est pas notre tête qui était prise à partie, et comme nous l'a alors délicatement soufflé monsieur à l'oreille :

« Oups, trop tard. »

Alors oui, trop tard, mais bien que désormais il faille vous en remettre à la fatalité (et au conseil n° 42), permettez-moi de vous lister quelques avantages que vous n'avez pas tout de suite perçus comme tels. Or, croyez-moi, il y en a quelques-uns.

En effet, comme vous avez abusé de votre statut de femme enceinte, n'hésitez pas à brandir la carte de l'enfant en bas âge. Considérée comme prioritaire, vous couperez systématiquement les files d'attente, vous bénéficierez régulièrement de surclassement, d'aide pour porter vos affaires et même de tarifs préférentiels. Le seul inconvénient pour obtenir ces avantages (et pas des moindres) est que vous devrez obligatoirement avoir votre enfant en bas âge sur vous. De surcroît, vous n'aurez plus besoin de vous forcer à aller aux dîners chiants comme la pluie ou autres événements soporifiques pour faire acte de présence. Non, désormais vous disposez d'un alibi parfait, indiscutable et irréprochable : votre enfant et sa terrible gastro. Un classique. Vous pourrez également tirer profit des conseils n° 10 et n° 11 afin de faciliter les tâches domestiques. En revanche, je conviens que, dans l'immédiat, ces avantages peuvent paraître désuets quant à la charge de travail que notre gosse représente. Toutefois, sur le long terme, vous pourriez envisager le verre à moitié plein plutôt que le descendre en chialant sur votre sort comme vous le faites.

À l'avenir, si votre enfant n'est pas trop con et que vous lui inculquez le sens de la transmission, il peut représenter une véritable source de revenu pour vous, une sorte de retraite complémentaire. Autant il est idiot de penser que faire des enfants pour toucher les aides sociales peut s'avérer rentable (non, ce ne sont pas six cents balles de la CAF qui combleront vos sacrifices et votre investissement), autant il est intéressant d'envisager leur éducation comme un placement financier.

Après, si votre enfant est con, j'ai pour vous deux conseils :

– Référez-vous au conseil n° 16.

– Faites-en un autre.

*À bientôt pour de nouveaux conseils et n'oubliez pas :
parfois, la meilleure solution n'est rien d'autre
qu'une question de bon sens.*

Conseil n° 28

Comment vous consoler d'avoir eu un garçon

Si vous êtes concernée par cette situation, il est évident que vous ne m'avez pas attendue pour vous référer au conseil n° 42. Car on a beau aimer tous nos enfants de la même manière, enfin, prétendre que nous les aimons tous de la même manière, il y a pourtant une réalité à laquelle nous devons bel et bien faire face : c'est la différence poignante entre deux enfants de sexes opposés. Et même s'il semble impossible, voire maladroit, de faire des généralités devant la singularité de chaque enfant, il n'est pas rare que nous en arrivions à cet effrayant constat que les petits garçons sont souvent très cons.

Face à votre immense dépit, deux solutions s'offrent à vous. (Sauf si vous tombez dans la fatalité et la dépression, auquel cas je vous conseillerais de vous référer directement au conseil n° 3.)

La première n'est autre que **retenter votre chance**. Trouvez au préalable un partenaire physiquement attrayant et financièrement solvable, et réitérez le projet. Toutefois, restez consciente que votre pourcentage de réussite est seulement de 50 %. C'est donc quitte ou double.

La seconde, sans doute celle qui, à mon sens, sauverait le monde : **le déni**.

Cela ne vous consolera pas complètement, mais vous devez, au nom de la planète, prendre en charge l'éducation de votre fils de la même manière que s'il s'agissait de votre fille et considérer cela comme une mission d'ordre mondial, pas moins.

Pour commencer, émancipez-vous de ce putain de complexe d'Œdipe.

Je vous parle de ce complexe qui vous fera fermer les yeux sur toutes les conneries débiles émanant de ses hormones et de son code génétique. Car si c'est de la soif ancestrale de dominer ou de chasser que naît l'attrait des hommes pour la pyromanie, la guerre, les pets ou encore leur besoin à la con de taper dans une balle, montrez vite fait bien fait à votre fils qui est le patron. Il est important qu'il vous craigne (voir conseil n° 30). Ainsi, il est scientifiquement prouvé qu'un petit garçon qui craint les femmes devient un homme qui ne se la raconte pas trop avec.

Combien de femmes avons-nous vues couvrir leur fils coupable ? Ce sont celles qui ont renoncé. Elles se consolent elles-mêmes d'avoir renoncé. **Vous, ne renoncez pas !** Au contraire, instaurez tout ce que vous auriez mis en place avec un enfant de sexe opposé. Organisez des soirées pyjama avec visionnage de l'intégrale de *Princesse Sarah*, des ateliers couture et vernis à ongles. Parlez-lui de vos règles, de la difficulté à réaliser une bonne béchamel (surtout si votre casserole accroche parce que c'est une casserole pour plaques à induction alors que vous, vous avez des plaques électriques), emmenez-le à la CAF, faire les boutiques, voir vos copines (réalisez les trois dernières activités dans cet ordre, ça marche mieux). Laissez-lui les cheveux longs si ça vous chante. Ainsi, plus vous lui apprendrez à aimer l'univers féminin, plus il deviendra un gentleman plus tard. Et de fait, vous aurez limité les sacrifices qui vous peinaient tant à l'idée de ne pas engendrer une fille, et vous aurez, par la même occasion, sauvé le monde d'un énième connard.

Rappelez-vous que derrière
chaque grand homme
se trouve une femme.

Par conséquent, si vous élevez votre fils comme une fille, au-delà de le former au respect qu'il devra aux femmes, vous le forgerez à n'avoir besoin de personne derrière lui.

Oui, peut-être que je suis en train d'insinuer que pour amener nos fils à être des bonshommes il faut les élever comme nos filles. Cela signifierait que l'éducation que donnent les femmes aux futurs hommes est responsable de tout. Aussi bien coupable que victime, la femme, seul être capable d'enfanter, serait ainsi à l'origine de tout, gouvernant le monde dans l'ombre, telle une sorte d'être supérieure. Elle est donc seule coupable de la misogynie dont elle se plaint !

Bien que je reconnaisse qu'une pointe de féminisme se soit glissée dans ce conseil, s'il vous est arrivé de me croiser *topless* dans un lieu public, sachez que cela n'a rien à voir avec ça.

À bientôt pour de nouveaux conseils et n'oubliez pas :
parfois, la meilleure solution n'est rien d'autre
qu'une question de bon sens.

Conseil n° 29

Comment réussir vos vacances quand vous êtes obligée de partir avec votre enfant

À l'approche des beaux jours, il est évidemment beaucoup plus mal perçu d'abandonner son enfant sur une aire d'autoroute que son épagneul breton. Nous savons donc que nous allons devoir faire avec, et c'est pourquoi j'ai dressé une liste de recommandations et de mises en garde pour vous faciliter la tâche.

Quelques recommandations :

1. Prévoyez des vacances sans enfant (en plus de celles-là). De préférence avant. Ainsi, en arrivant repue de débauche et d'excès, vous vous ferez plus facilement à l'idée de vous faire chier dans le petit bassin sans prendre l'apéro dès le matin. (Le principe de l'alternance 1 semaine de tox/1 semaine détox.) Cela vous permettra de récupérer un peu de bonne conscience et quelques organes vitaux.

2. Pour les plus riches, privilégiez les endroits avec mini-club, baby-sitting, gardiennage...

3. Pour les plus pauvres, privilégiez les endroits clos.

4. Pour les plus riches, partez en *all inclusive*. Vous allez déjà vous faire chier, alors si vous pouvez vous épargner la bouffe et la vaisselle, merci.

5. Pour les plus pauvres, partez avec des amis qui ont aussi des enfants, de préférence plus âgés que le vôtre. Ainsi, vous pourrez vous décharger sur eux. Cependant, soyez pertinente quant à votre choix, car vous allez devoir vous les coltiner.

6. Équipez votre enfant d'un maillot de bain fluo. Cela vous évitera de le chercher pendant une heure tout ça parce que vous aurez détourné le regard cinq minutes le temps d'aller vous commander un mojito... après, c'est vrai qu'en route vous avez rencontré Pablo, prof de salsa, et qu'il était important pour vous de lui demander si le piercing au téton était si douloureux que ça. Avec un maillot de bain fluo, en dehors ou au fond de l'eau, on les repère plus vite.

7. Apprenez à votre enfant à nager, au préalable. Vous passerez de meilleures vacances s'il ne meurt pas noyé.

8. Instaurez un jeu, dites-lui de vous appeler Tata. Vous pourrez ainsi vous dédouaner de son comportement auprès des autres, voire, pourquoi pas, prétendre à une certaine virginité.

Quelques mises en garde :

1. Il est souvent tentant de faire copain-copain avec d'autres parents rencontrés sur place. Attention ! Bien que cela puisse être un bon moyen d'occuper votre enfant, vous pouvez vite vous retrouver séquestrée par Stéphane et Céline qui vous collent du matin au soir en vous racontant leur vie dont vous vous contrefoutez.

2. Aqualand, Aquashow, Aquasplif... évitez tout parc commençant par « Aqua ». Vous aurez déjà bien assez de mal à vous débarrasser des mycoses de votre premier séjour.

À bientôt pour de nouveaux conseils et n'oubliez pas :
parfois, la meilleure solution n'est rien d'autre
qu'une question de bon sens.

Conseil n° 30

Comment instaurer un climat d'autorité sans frapper votre enfant

Il est parfois compliqué d'obtenir ce que l'on veut de son enfant. Et bien que les systèmes du chantage ou de la séquestration dite « du placard » ou « de la cave » aient fait leurs preuves, ils ne garantissent pas pour autant une tranquillité pérenne. Rappelons-nous nos parents : un sourcil levé et nous avions compris, parce que tout pouvait arriver... Il est vrai qu'ils ne s'embarrassaient pas de tous les diktats que la bien-pensance actuelle nous impose : une paire de claques dans notre gueule et l'histoire était réglée. Et ce n'est pas parce que cette époque est révolue que vous ne pouvez pas vous en inspirer.

Pour que vos enfants vous craignent,
vous devez cultiver ce que l'on appelle votre *street credibility*.

Vous ne pouvez certes pas frapper votre enfant, mais vous pouvez frapper quelqu'un d'autre.

Ainsi, profitez d'un moment de complicité en extérieur avec votre enfant pour déclencher une bonne bagarre. Et si cela vous est possible, joignez l'utile à l'agréable en provoquant une personne que, de base, vous ne pouvez pas blairer. N'hésitez pas, afin de maximiser vos chances d'impressionner votre enfant, à choisir un adversaire plus faible que vous, voire sans défense.

Au-delà de la crainte et du respect que vous allez inspirer à votre enfant, vous lui transmettrez des valeurs éducatives essentielles telles que l'importance de se défendre, de manger cinq fruits et légumes par jour pour être « un gagnant » dans la vie, mais également celles véhiculées par le sport, comme la beauté du geste ou le plus classique « l'important, c'est de participer ».

Toutefois, restez vigilante quant à la personne à qui vous vous en prendrez. Je vous rappelle qu'il est interdit de frapper un enfant et que certaines adolescentes font bien plus que leur âge. Vous aurez beau arguer qu'elle vous a cherchée, à moins d'être un grand réalisateur, vous n'obtiendrez pas gain de cause.

Vous pouvez également cumuler en donnant un prénom bien pourri à votre enfant. L'occasion pour vous de lui rappeler un petit peu chaque jour, sournoisement, qui est le patron.

À bientôt pour de nouveaux conseils et n'oubliez pas : parfois, la meilleure solution n'est rien d'autre qu'une question de bon sens.

Conseil n° 31

Comment (re)trouver l'amour sans le faire fuir quand vous avez la garde exclusive de vos enfants

Avec les réseaux et les applications, rencontrer des célibataires attractifs de sa région est devenu un jeu d'enfant. La question est surtout de savoir comment ne pas les faire fuir au simple énoncé de votre situation de *cassos*. Car tout homme normalement constitué qui entend « Bonjour, je m'appelle Karine, j'ai trois enfants de deux pères différents, mes parents sont décédés et je cherche actuellement du travail » est déjà en fond de troisième sur le périph avant la fin de la phrase. Mais ne vous découragez pas car j'ai, pour vous, quelques conseils.

Vous allez devoir trouver une solution pour dégager du temps afin de faire des rencontres. Même si vous pouvez toujours user du conseil n° 15, vous aurez, à un moment, vite fait le tour de vos ressources de garde providentielle. Et puis, si ça matche, on ne parle pas de dégager quelques heures pour boire un verre mais bien de plusieurs jours pour convoler vers une destination de rêve avec ce jeune coach sportif pour pouvoir faire l'amour pendant des heures au bord de l'eau, avec du champagne et un peu de drogue que vous aurez préalablement insérée dans une cachette secrète bien à vous, afin d'éviter les contrôles de douane. (D'ailleurs, pensez bien à l'extraire avant tout rapport intime.)

Il va donc vous falloir trouver une solution de garde sérieuse et peu onéreuse.

J'ai, pour vous, une technique bien huilée (si je peux me permettre).

Connaissez-vous le dicton « Pour choper un aigle, commencez par attraper un pigeon » ?

Non ? Bon ben, ce n'est pas mon problème. En revanche, il est tout à fait question de ça.

Revoyez complètement vos exigences et vos critères de sélection, car là on ne rencontre pas l'amour mais un jeune homme au pair assez mimi pour qu'il reste plaisant de le rémunérer en nature.

Faites des rencontres dans ce sens (en faisant garder vos enfants grâce à la technique du conseil n° 15). Sélectionnez en priorité des hommes gentils, attentionnés, mais qui gardent en eux la profonde blessure de ne pas encore avoir réussi à fonder une famille. Une fois votre pigeon trouvé, faites-le entrer dans votre foyer. Faites en sorte que les enfants l'adorent ou, du moins, ne le dégoûtent pas trop vite.

Voilà, vous êtes fin prête à rencontrer l'amour.

Maintenant que votre compagnon est en mesure d'assurer l'intendance, vous pouvez pleinement vous concentrer sur ce que vous recherchez vraiment chez un homme.

Aussi prétexterez-vous un nouveau travail, des réunions, des déplacements, la mort d'un ami, ou que sais-je encore, pour vous absenter à votre convenance. Ainsi, vous baiserez enfin sur vos deux oreilles.

Autre possibilité : pour ne pas effrayer l'heureux élu, cachez-lui l'existence de vos enfants. Cependant, si votre téléphone sonne trop, faites-lui croire que ce sont les enfants de votre sœur partie trop tôt. Vous expliquerez que vous êtes restée très proche d'eux, car ils font un transfert affectif, d'où le fait qu'ils vous cassent les c... enfin qu'ils vous appellent trois fois par jour en visio pour savoir où se trouvent leurs putains d'affaires et vous surnomment comme votre sœur : « maman ». Tout comme leur père, votre beau-frère (le pigeon), vous surnomme « chérie ». Car vous étiez quasi jumelles, de quelques jours, d'où la ressemblance et leur transfert.

Vous serez la mieux placée pour savoir à quelle histoire votre *date* sera le plus sensible.

Toutefois, s'il y a une règle à suivre, c'est bien celle-ci : dans le cas où vous décideriez – un jour – de lui avouer l'existence de vos enfants, ne les dénigrez jamais devant lui.

D'abord, cela donnerait injustement une très mauvaise image de vous, et puis le temps qu'il s'aperçoive par lui-même que vos mômes sont insupportables sera toujours du temps de gagné. Et le temps...

À bientôt pour de nouveaux conseils et n'oubliez pas :
parfois, la meilleure solution n'est rien d'autre
qu'une question de bon sens.

Conseil n° 32

Comment vous délester de la charge mentale du rôle de mère

La charge mentale est le poids que représente la gestion de l'intendance de toutes les vies de votre foyer, traitée et centralisée par une seule application : votre cerveau. Et malheureusement, il semblerait que nous ne soyons pas toutes équipées de la même capacité de mémoire et de vitesse de processeur. Si vous aussi vous cherchez encore la mise à jour, que vous vous sentez aussi efficace qu'un granule homéopathique (pour la comparaison, j'ai hésité avec Roselyne Bachelot), voire complètement sous l'eau, seule, débordée, déprimée, prise à la gorge, au bord du burn-out, j'ai pour vous quelques conseils, mais pas non plus la solution.

Il est évident que, pour le sujet qui nous préoccupe ici, vous ne m'avez pas attendue pour vous servir du conseil n° 42.

Et vous avez eu raison. Il est d'un bon soutien.

Mais c'est face à cet échec de ne pouvoir trouver une véritable solution que me sont revenues les paroles de Tony, mon ami d'enfance, actuellement P-DG d'un grand groupe automobile. Il m'avait dit, avec beaucoup d'aplomb, tout en recrachant par le nez la fumée de sa Marlboro Gold, fort de sa petite coupe au gel et de sa belle gueule, bien moulé dans son costume cintré noir en coton satiné Hugo Boss parfaitement repassé (par quelqu'un d'autre) : « Si tu as un problème mais que tu ne trouves pas la solution, c'est que tu fais partie du problème. »

Pour qui se prenait-il, ce petit con ?

Certes, il menait d'une main de maître son entreprise, mais grâce à combien d'employés ? Et lui, savait-il que le lundi matin il fallait préparer le sac de piscine et y mettre une culotte propre et un goûter, et que le solfège n'était plus en salle 439 mais en 423, et que, d'ailleurs, il manquait une colle dans la trousse de secours pour l'école, et qu'il faudrait que je prenne rendez-vous chez le dermato, mais est-ce que je peux y aller sans carte Vitale, faudrait que je la refasse, et faudrait aussi que je passe au Trésor public régler les factures de cantine ? Et en parlant de cantine, que vais-je faire à manger ce soir ?

Tony avait raison.

Je ne me posais pas la bonne question.

La bonne question se trouve à la page suivante. Et pour le coup, j'ai des solutions.

À bientôt pour de nouveaux conseils et n'oubliez pas :
parfois, la meilleure solution n'est rien d'autre
qu'une question de bon sens.

Conseil n° 32 bis

Comment vous déculpabiliser de votre inaptitude (totale ou partielle) à supporter la charge mentale

Pour vous délester du poids de votre charge mentale, il aurait fallu déléguer. Or, c'est bien parce que vous ne pouvez compter sur personne d'autre que vous-même que vous êtes au bord du burn-out. Et est-ce que Tony serait là à frimer avec ses chaussures italiennes et son petit cul bien roulé dans son immense bureau vitré au milieu de tous ses *gamos* sans avoir délégué ? Bien sûr que non.

Dans cette multinationale que représente la gestion de votre foyer, Tony n'aurait pas tenu trois mois, il n'aurait même pas dépassé le stade de stagiaire, preuve en est, il a entièrement cédé cette entreprise à sa femme. Lui, se sent-il coupable d'avoir six mois de cantine en retard ? Se sent-il coupable d'avoir couché avec l'installateur de la Fibre ? Se sent-il même concerné par le choix des activités extrascolaires ?

Non. Et vous savez pourquoi ?

Parce qu'il n'en a rien à foutre.

De là, parce que je vous vois venir avec vos « OK, facile à dire », comment faire pour n'en avoir véritablement rien à foutre ? Car aussi curieux que cela puisse paraître, n'en avoir rien à foutre n'est pas à la portée de tout le monde, et il existe effectivement plusieurs techniques que je vous conseille de combiner, même si la plus efficace d'entre elles trône en page 132 (conseil n° 42).

1. Inspirez-vous des hommes.

Voyez leur dextérité à ponctuer toutes circonstances par des « oh ça va, c'est rien », ou des « oh t'abuses, y a pas mort d'homme », voire des « on s'en bat les c... ». Ils utilisent une méthode d'autopersuasion bien connue – la méthode Coué –, qui consiste à se répéter une phrase plusieurs fois pour mieux y croire soi-même. Faites-le aussi. Car à les voir, cela fonctionne. Autopardonnez-vous à chaque manquement et surtout moquez-vous des conséquences. Déjà parce qu'elles seront sans doute futures et puis parce que, grâce à notre nouvelle méthode, vous n'en avez, désormais, plus rien à foutre. Ce n'est plus votre problème. Vous voyez, vous commencez déjà à vous sentir légère.

2. Relativisez.

Lorsque vous vous sentez submergée, arrêtez-vous et demandez-vous :

– Ma santé est-elle, de fait, menacée ?

– Le problème d'aujourd'hui aura-t-il un impact sur ma vie dans un an ? Deux ans ? Dix ans ?

Non, il n'y a plus de pain de mie pour les croques de ce soir, non, vous n'avez pas lavé le pantalon d'équitation de votre cadette alors que poney c'est demain, ou que sais-je encore... mais franchement, y a pas mort d'homme, si ?

3. Listez.

Faites des listes de tout, tout le temps. Choses à faire, à acheter, à prévoir, à ne pas faire... Ainsi écrit noir sur blanc, c'est plus simple, et ça libère de la place dans votre cerveau. Vous pourrez donc, plus simplement, passer à autre chose, sans trop vous en soucier. Et en cas de manquement, vous pourrez toujours vous justifier auprès de vous-même par l'intention que vous aviez de le faire : la preuve, c'est écrit noir sur blanc sur votre liste.

4. Souriez tout le temps.

Pour deux raisons.

La première est que si vous en êtes là, c'est que visiblement vous êtes parfois dépassée. Et le fait est que l'on apprécie toujours plus d'aider ou de pardonner une personne qui nous semble sympathique. Encore une fois, voyez comme nous sommes empathiques face à la mignonne inaptitude des hommes... (Je pourrais tuer les personnes s'extasiant sur la seule présence d'un papa au parc.) Mais c'est aussi à notre portée. Devenez, à votre tour, cette mignonne inapte, hyper sympa, qui n'en branle pas une. Vous n'imaginez même pas les passe-droits dont je bénéficie grâce à mon statut de maman hyper sympa complètement à côté de ses pompes. Les autres mamans me rendent plein de services comme déposer, inscrire voire récupérer mon enfant à la sortie de l'école ou d'une activité. D'ailleurs, je ne m'emmerde même plus à faire semblant d'avoir un contretemps, je ne viens pas, c'est tout. Je sais que l'une d'elles me ramènera ma petite et que j'aurai juste à la remercier avec un grand sourire et ce regard hébété qu'ont les hommes... enfin, les gens un peu dépassés par les événements. Aussi mes retards à l'école génèrent-ils toujours de l'empathie, et même un petit sourire (bon, c'est peut-être aussi en rapport avec ma tenue vestimentaire...).

Il est évident qu'on vous jugera, mais on ne vous en voudra pas, ce qui compte, c'est que chacun ira de son aide, et c'est tout ce qu'on demande.

La seconde raison qui me pousse à vous conseiller de sourire est évidente et c'est celle qu'il faut retenir : personne n'est plus heureux que celui qui s'en fout.

Tony avait raison, je faisais partie du problème.

Et lorsque je me suis déplacée pour le remercier chaleureusement, de tout mon être, dans son bureau, j'ai rapidement compris d'où il tenait cet adage. Et malgré tous mes efforts pour le revigorer, je n'ai pas trouvé de solution pour lui, car, comme il aime le dire, lui seul faisait partie du problème.

À bientôt pour de nouveaux conseils et n'oubliez pas : parfois, la meilleure solution n'est rien d'autre qu'une question de bon sens.

Conseil n° 33

Comment gérer une situation d'urgence sans aucune notion de secourisme et sans engager le pronostic vital de votre enfant

Avant tout, la clé est d'être totalement objective et clairvoyante sur vos non-capacités en termes de secours. Le fait d'admettre que vous n'avez aucune compétence, aucun discernement ni même aucune réactivité, et qu'en situation d'urgence vous êtes totalement inutile voire un danger supplémentaire, est déjà une bonne chose. Car c'est souvent à grands coups de « attends, laisse-moi faire » ou encore de « pousse-toi, je vais cautériser la plaie » que l'ignorance et le déni vous font commettre l'irréparable.

Ainsi, pour le bien de tout le monde, il est important que vous soyez au clair sur le fait que vous ne pouvez pas et ne devez pas vous faire confiance.

Une fois cette notion intégrée, le bon sens s'impose à vous : s'en remettre à quelqu'un d'autre.

Donc, pour résumer : ne faites rien, prenez votre téléphone et appelez quelqu'un de compétent !

Pour plus d'efficacité en cas de perte de moyens sous l'effet du stress, de la panique ou de l'état d'ébriété, voici une liste non exhaustive des personnes à appeler pour chaque cas[1].

Liste des numéros d'urgence

- En cas de noyade, composez le 18.
- En cas de brûlure, composez le 18.
- En cas d'étouffement, composez le 18.
- En cas de chute entraînant des vomissements, composez le 18.
- En cas de chute entraînant une perte de connaissance (j'entends par là un évanouissement, et non une perte de notions apprises à l'école), composez le 18.
- En cas de chute entraînant un impact plus grand qu'une pièce de deux euros, composez le 18.

1. Pour plus d'efficacité, n'hésitez pas à découper la page afin de l'aimanter sur votre frigo à l'aide des affreux magnets collectés dans les paquets de cordons bleus. Cela dit, il est grand temps pour tout le monde de mettre un terme à l'absurde projet (qu'on a tous entrepris une fois dans sa vie) de reconstituer la carte de France au complet. Il faut nous résoudre au terrible constat que c'est tout bonnement impossible. Car même en admettant que vous ne tombiez jamais sur un double, la France se compose de 96 départements, or sachant que 1 magnet = 1 département et que dans 1 boîte il y a 1 magnet pour 2 cordons bleus, vous atteindrez plus vite l'obésité morbide que la fin du puzzle. C'est mathématique.

En gros, quoi qu'il arrive, composez le 18. Ils vous diront de composer le 15, qui vous enverra, après douze minutes d'attente, vers un médecin d'astreinte, qui vous orientera vers votre généraliste, qui vous renverra vers son secrétariat, de là vous tomberez sur une messagerie automatique qui vous indiquera directement le site de Doctolib.

Vous ne trouverez aucun créneau disponible pour un rendez-vous en consultation.

Vous déciderez alors de vous faire confiance en agissant seule, par vos propres moyens, allant de l'automédication à la remise en place de l'os fracturé.

Et ce n'est qu'à cet instant que vous trouverez LA solution. En agissant par vous-même. Contradictoire avec l'introduction, me direz-vous. Je ne crois pas. Je crois que vous avez eu raison, en tout premier lieu, de ne pas vous faire confiance : vous auriez agi dans la précipitation et vous auriez fait n'importe quoi. Alors qu'au final vous avez agi dans l'exaspération et le dépit, et n'est-ce pas là que vous êtes la meilleure ?

À bientôt pour de nouveaux conseils et n'oubliez pas :
parfois, la meilleure solution n'est rien d'autre
qu'une question de bon sens.

Conseil n° 34

Comment passer un vrai bon moment au spectacle de fin d'année, à la kermesse ou tout autre événement de ce type

Référez-vous directement au conseil n° 42.

À bientôt pour de nouveaux conseils et n'oubliez pas : parfois, la meilleure solution n'est rien d'autre qu'une question de bon sens.

Conseil n° 35

Comment rester objective sur le physique de votre enfant

Comme le disait Henri Matisse :

« Il y a des fleurs partout
pour qui veut bien les voir. »

« Pareil pour les moches »,
disait ma grand-mère.

Elle disait vrai.

Et j'ai comme l'impression que nous sommes presque toutes objectives sur notre non-objectivité en ce qui concerne le physique de notre progéniture. Nous sommes complètement capables d'envisager que notre enfant puisse avoir des défauts sans pouvoir véritablement les identifier. Comme si le prisme de la maternité le dotait directement d'un filtre de beauté comme ceux qu'on trouve sur Instagram (et je ne parle pas du filtre qui vous fait ressembler à une biche).

Pourtant, nous finissons toutes par nous demander, un jour ou l'autre, ce que nous penserions de notre enfant s'il n'était pas le nôtre. Non pas pour satisfaire notre curiosité mais pour pouvoir l'éduquer au mieux. On n'élève pas du tout un enfant moche de la même manière qu'un enfant beau. Non. Tout diffère. De l'importance de faire des études jusqu'au cadeau que nous lui ferons pour sa majorité (pour certains, une rhinoplastie peut s'avérer bien plus utile qu'un permis de conduire pour s'élancer dans la vie).

Aussi, vous ne pourrez pas compter sur la franchise de votre entourage car, une fois encore, votre manque d'objectivité vous fera remettre en question leur avis. *Il vous faudra vous en tenir à des preuves factuelles pour satisfaire votre désir de transparence.*

Débrouillez-vous pour savoir si votre enfant a un ou une amourette à l'école. Attention ! Si en avoir plusieurs peut être synonyme de pouvoir de séduction et, donc, de beauté, ne pas en avoir ne signifie pas forcément l'inverse. Votre enfant est peut-être seul car trop bien pour les autres. Mais s'il a une ou des conquêtes, étant donné que votre subjectivité ne s'applique pas au physique des autres enfants, n'hésitez pas à les juger. Généralement, les niveaux de beauté des partenaires se valent.

Toutefois, si votre enfant a pécho un ou une moche, ne le condamnez pas définitivement, peut-être a-t-il des goûts de chiottes ou tout simplement très bon cœur.

S'il y a également une chose que vous pouvez faire pour vous aider à objectiver votre jugement, c'est inscrire votre enfant dans une agence de petits mannequins.

Ainsi, votre dossier sera traité en toute impartialité par un employé dépourvu d'âme et de tact, dont le rôle sera de statuer sur l'attractivité physique ou non de votre enfant, soit toute la franchise que l'on recherche. Donc, si votre enfant est accepté dans l'agence, vous pouvez clairement vous la raconter. En revanche, s'il n'est pas pris, il est possible que ce soit aussi parce qu'un autre enfant répond aux mêmes critères physiques et que, dans un souci d'efficacité, l'agence ne souhaite pas faire de doublon, ce qui ne remet en rien en question la beauté de votre enfant. Merci de l'intérêt que vous avez porté à notre agence et au plaisir de vous revoir.

Peut-être devons-nous nous résigner.

Nous ne saurons jamais vraiment, au fond, si notre enfant est moche ou pas.

Nous ne pouvons le voir, nous ne pouvons l'entendre, nous ne pouvons le déduire. Et la nature est bien faite car, connaissant l'être humain et surtout la puissance de l'hystérie maternelle, c'est sans doute mieux ainsi.

À bientôt pour de nouveaux conseils et n'oubliez pas :
parfois, la meilleure solution n'est rien d'autre
qu'une question de bon sens.

Conseil n° 36

Comment réussir le goûter d'anniversaire de votre enfant avec ses copains

Il y a trois cas de figure.

Soit vous avez un peu les moyens, soit pas du tout mais vous avez de la famille, soit pas du tout.

Dans le premier cas, **ne faites rien**. Remettez-vous-en à un professionnel. Ça va sans doute vous coûter une blinde, mais inscrivez tous les gamins à un spectacle, un cours de cuisine, de poney, à la patinoire… enfin non, pas à la patinoire, mais payez-leur ce que vous voulez pourvu que ce ne soit pas chez vous.

C'est le maître mot.

Vous pourrez toujours mettre un peu la main à la pâte en faisant un gâteau ou en les accompagnant si vous le souhaitez (ou pas, car après tout, ça vous coûte une blinde).

Dans le deuxième cas, commencez, si vous le pouvez, par **organiser une petite fête familiale**, n'importe où pourvu que ce ne soit pas chez vous. Mettez chaque membre à contribution. Le jour J, apportez des Tupperware et ponctuez vos phrases par des « Oh ben non, mamie, on va pas couper le fraisier, le brownie n'est pas fini ! » ou par des « Je vais ranger des bouteilles dans mon coffre, ça fera de la place dans le frigo ! ». Vous pouvez même vous débrouiller pour ne pas déballer tous les cadeaux (voir conseil n° 17). Vous l'aurez compris, vous limiterez ainsi les dépenses.

Le jour de la fête avec les copains qui, cette fois, sera chez vous, assurez-vous d'inviter quand même quelques copines mamans (surtout celles qui cuisinent et dont les gamins ne sont pas trop relous) et armez-vous de courage.

Dans le troisième et dernier cas, ***bon chance***[1].

Dans tous les cas, rappelez-vous que ce jour, aussi pénible sera-t-il, sera une fête, alors n'hésitez pas à faire appel au conseil n° 42.

À bientôt pour de nouveaux conseils et n'oubliez pas : parfois, la meilleure solution n'est rien d'autre qu'une question de bon sens.

1. Voir note page 31.

Conseil n° 37

Comment faire passer à votre enfant son envie d'avoir un animal de compagnie

Vous n'avez pas déjà assez de boulot comme ça pour prendre un animal de compagnie ? Vous voyez très bien venir l'histoire : c'est petit, c'est kikinou, mais au final vous allez tout vous taper.

Et comme cela peut vite devenir obsessionnel, vous devez très rapidement détourner l'attention de votre enfant en lui faisant miroiter autre chose. Il va de soi que vous n'aurez pas de mot à dire sur cette autre chose, mais... elle aura toujours l'avantage d'être autre chose.

À vous de savoir ce que vous voulez. De toute façon, personne ne sait mieux que vous combien votre vie est désormais un compromis.

Lorsque ma fille de 5 ans a commencé à me harceler pour avoir un lapin, je lui ai demandé, lors d'un moment de répit, quelles étaient les deux choses au monde qu'elle adorerait avoir.

Elle m'a répondu du tac au tac : un lapin et un iPad.

Il était évident qu'elle n'était pas en âge d'avoir un iPad et puis… ça coûte un bras. Mais réflexion faite, lui, je pourrais l'emmener en vacances, je n'aurais pas besoin de changer sa litière, et entre le véto et les croquettes, au final, je m'y retrouvais.

Et moi aussi, je voulais un iPad.

J'ai évidemment fait monter les enchères en tâches ménagères et en bons points avant de lui offrir mon iPad.

Puis, quelque temps plus tard, alors que je me croyais tirée d'affaire, elle m'a réclamé une petite sœur.

J'ai usé de la même technique.

Je lui ai donc offert un lapin.

Il a bouffé les câbles de la Fibre en plein confinement et le tuyau de la machine à laver, provoquant un dégât des eaux chez mes voisins à 5 heures du matin. Mais au moins, elle ne va plus sur l'iPad…

Vous l'avez compris, la vie de maman est pleine de sacrifices et de compromis. Vous pourrez toujours dissuader votre enfant de vouloir un animal de compagnie, jusqu'à ce que, finalement, vous y trouviez vous-même votre compte.

À bientôt pour de nouveaux conseils et n'oubliez pas :
parfois, la meilleure solution n'est rien d'autre
qu'une question de bon sens.

Conseil n° 38

Comment faire passer à votre enfant son envie d'avoir une petite sœur

Comme cela peut vite devenir obsessionnel, vous devez très rapidement détourner l'attention de votre enfant en lui faisant miroiter autre chose. Il va de soi que vous n'aurez pas de mot à dire sur cette autre chose, mais... elle aura toujours l'avantage d'être autre chose.

Référez-vous au conseil n° 37 pour plus de détails.

À bientôt pour de nouveaux conseils et n'oubliez pas : parfois, la meilleure solution n'est rien d'autre qu'une question de bon sens.

Conseil n° 39

Comment commencer à laisser votre enfant seul à la maison

Vous avez parfois envie – enfin, même beaucoup, mais calmez-vous car vous devrez attendre sa majorité pour le foutre dehors –, aussi bien votre enfant que vous, que chacun prenne un peu son envol. Or, il n'est jamais trop tôt pour l'initier à l'autonomie, et d'ailleurs, aujourd'hui, jour du Black Friday (concept commercial un peu raciste visant à solder l'ensemble des articles en boutique), semble être le jour idéal.

En effet, vous rêvez de dévaliser les magasins et vous savez que votre enfant va tôt ou tard vous gonfler ou qu'il ne voudra tout bonnement pas venir.

L'idée de le laisser seul à la maison vous a effleuré l'esprit mais vous n'êtes pas tranquille avec le projet.

Rappelez-vous que vous vous êtes déjà posé cette question lorsqu'il s'est agi de commencer à laisser votre enfant faire ses nuits seul dans sa chambre. Et qu'avez-vous fait ? Vous avez pris votre courage à deux mains et avez acheté un baby phone. Au final, tout le monde a beaucoup mieux dormi.

Je ne suis pas là pour vous dire quand ce sera le bon moment, mais lorsque vous le sentirez, vous reproduirez exactement ce scénario.

Dans ce cas, il ne s'agira pas d'un baby phone puisque votre enfant n'est plus un « baby ». En revanche, vous disposez, je suppose, comme la plupart des gens, d'une ligne fixe et d'un portable.

Commencez par effacer les numéros des proches enregistrés dans le répertoire du fixe, surtout celui de la police et des pompiers, il serait capable de les appeler, ce con – et alors, vous pourrez toujours inventer n'importe quoi, ils vous jugeront, tous.

Montrez-lui comment lancer un appel et décrocher, prenez des écouteurs, veillez à ce que votre portable ait de la batterie et sortez de chez vous.

Le tour est joué.

Comme votre enfant sera mi-effrayé par le fait d'être seul et mi-heureux de pouvoir faire ce qu'il veut avec le téléphone, préparez-vous à recevoir un appel par minute.

C'est le prix à payer.

Mais au bout du compte, tout le monde profitera beaucoup mieux de sa journée.

De plus, pour vous garantir de trouver votre enfant en bon état à votre retour, pensez à ranger les produits dangereux pouvant se situer à sa portée (javel, couteaux, stupéfiants… d'ailleurs, peut-être même que pour la vie de tous les jours cela peut être une bonne chose) et, pour plus de précautions, veillez à ne pas rester trop longtemps dans les magasins qui ne captent pas.

Alors, vous commencez quand l'autonomie ?

*À bientôt pour de nouveaux conseils et n'oubliez pas :
parfois, la meilleure solution n'est rien d'autre
qu'une question de bon sens.*

Conseil n° 40

Comment résoudre des problèmes que vous n'avez pas encore rencontrés (Conseils en vrac)

Technique du cache-cache

Proposez à votre enfant le jeu du cache-cache.

Dites-lui de se réfugier dans une super cachette et de n'en sortir que lorsque vous l'aurez trouvé.

Comptez jusqu'à trente.

Voilà, grâce à cette technique vous avez vingt minutes au calme devant vous.

Technique du loup

C'est une technique qui peut sembler pernicieuse mais qui, dans les faits, s'avère souvent d'une grande aide. Faites croire à votre jeune enfant qu'un loup affamé peut surgir à tout moment et que ce loup ne mange que les enfants qui n'obéissent pas. S'il reste sceptique, vous pouvez feindre l'appel téléphonique d'une amie vous annonçant que son enfant vient d'être dévoré par le loup. Vous pouvez aussi feindre de l'apercevoir par la fenêtre ou dans le quartier. En gros, établissez son existence et, surtout, sa présence dans les environs pendant quelques jours.

Expliquez à votre enfant que vous connaissez évidemment le signal pour le faire rappliquer. En général, votre imitation du « ouuuhh » suffira à le faire chier dans son froc. Vous pourrez donc, grâce à cette technique, vous éviter quelques caprices et rechignades.

Technique du compte à rebours

C'est une technique qui consiste à compter jusqu'à trois lorsque votre enfant vous défie. Et à trois, vous appelez le loup.

À deux, parfois un trois quarts pour les plus impressionnables, normalement, il chie dans son froc.

Technique du verre d'eau

Pour calmer les terreurs nocturnes que vous aurez créées de toutes pièces avec votre technique du loup, utilisez la technique du verre d'eau.

Un peu comme la technique du loup, c'est une méthode qu'il faut installer sur le long terme.

Faites croire à votre enfant que l'eau peut guérir beaucoup de maux en accompagnant chaque pansement, chaque pleur, chaque peur d'un verre d'eau.

Lorsqu'une terreur nocturne survient, calmez votre enfant et dites-lui que vous allez lui chercher un verre d'eau, mais qu'en attendant il doit rester allongé sans bruit, les yeux fermés.

Voilà, vous pouvez vous recoucher.

(Dans 99,9 % des cas, ils finissent par se rendormir.)

*À bientôt pour de nouveaux conseils et n'oubliez pas :
parfois, la meilleure solution n'est rien d'autre
qu'une question de bon sens.*

Conseil n° 41

Comment améliorer ce livre

Étant pleinement consciente que je ne détiens pas toutes les clés pour résoudre vos tracas de maternité, je vous propose de m'aider à améliorer ce livre. Ainsi, je vous invite à écrire votre propre petit conseil juste ici.

Vous pourrez également me l'envoyer par mail :

votrepetitconseildelolo@gmail.com

Car, si l'envie m'en prenait, il pourrait intégrer une version *bis* de ce livre, ou simplement me servir à titre personnel.

Comme dirait l'autre sur France 5, c'est à vous :

(Si vous ne savez pas écrire, contentez-vous de faire un dessin.)

Conseil n° 42

Comment résoudre pas mal de trucs dans la vie

Buvez beaucoup d'alcool.

À bientôt pour de nouveaux conseils et n'oubliez pas :
parfois, la meilleure solution n'est rien d'autre
qu'une question de bon sens.

Conseil n° 43

Comment tirer le meilleur parti de ce livre

1. Avant toute chose, afin de renforcer votre concentration et votre ouverture d'esprit, rendez-vous directement au conseil n° 42.

2. Vous êtes consciente que les vrais bons plans se partagent mais pas trop. Un peu comme les recettes de grands-mères, il est plus judicieux d'en garder deux ou trois rien que pour vous. Par conséquent, si vous offrez ce livre à un proche, prenez le soin de retirer les pages du conseil n° 15. (Ainsi que la table des matières. Et cette page, aussi...)

3. Consommez le conseil n° 42 avec modération.

4. Vous pouvez aussi bien lire les conseils dans l'ordre que vous référer directement à l'intitulé qui vous intéresse.

5. Prenez un peu de recul avant d'appliquer mes conseils à la lettre. D'ailleurs, sachez, à titre informatif (et en cas de litige), que je ne me porte absolument pas garante du fonctionnement de ces conseils dans votre vie.

6. Lisez ce conseil avant de commencer le livre.

Bonne lecture.

Conclusion

Voilà, c'est tout pour moi.

J'ai 37 ans et une fille de 7 ans au moment où je vous écris (ce sont d'ailleurs les dernières pages et je suis sûre que, dans une semaine, je regretterai d'avoir bouclé car j'aurai encore trouvé un nouveau conseil). Je dois faire une conclusion mais j'ai l'impression qu'il n'y a pas vraiment de fin, simplement que les conseils suivront les âges.

Comme vous l'avez compris, la maternité est un sujet qui me passionne.

J'ai souvent envie de raconter plus intimement, sans blague ni dérision, ma vraie vie de maman (qui est encore plus drôle en vrai...). Je parle beaucoup de ma fille mais elle n'a rien demandé, alors je vais tâcher de préserver notre intimité. J'aime qu'on ne sache jamais vraiment démêler le vrai du faux. Nous, nous le savons, et cela restera notre secret. Je débriefe souvent avec elle de mes activités artistiques, soucieuse de l'impact que mes conneries pourraient avoir sur elle.

Je lui ai donc expliqué en quoi consistait ce livre. Elle a tenu à écrire son propre conseil.

Ce sera le mot de la fin.

Conseil bonus

Comment être une bonne maman (Par Jana)

Pour être une bonne maman, nourrissez votre enfant. Achetez-lui un cadeau au moins trois fois par mois. Emmenez-le au parc, emmenez-le voir des copains et aussi faites faire des stages de quoi il veut comme activité pendant les vacances.

Faites-lui les meilleurs anniversaires au monde[1].

Faites-lui des câlins, des bisous et des surprises.

Au cas où l'enfant n'est pas sage, voici des idées de punitions :

– S'il est jeune, mettez-le au coin.

– S'il fait un caprice pour ne pas aller à l'école, emmenez-le de force.

– S'il fait la honte de sa mère dans le magasin, vous l'emmenez par la main chez vous et, après, vous le mettez au coin.

– S'il insiste pour avoir un lapin et qu'il essaye de le voler dans le magasin, vous l'emmenez à la maison et vous le mettez au lit.

Si votre enfant est sage et a tout bon à l'école, vous pouvez le féliciter et regarder un petit film avec lui.

Mon conseil pour les mamans : essayez de rester calmes, de toute façon c'est vous qui décidez et, s'il est trop chiant, appelez une baby-sitter.

Et ma mère sera toujours la meilleure.

1. Voir conseil n° 36.

La famille
Louise
Jana
Lily
mon lapin moi et ma mère

Remerciements

D'une manière générale, merci à tous ceux qui croient en mes conneries et les encouragent. Vous êtes mon moteur. Enfin, mon essence. Enfin, un peu les deux.

Merci à vous d'avoir acheté ce livre, j'espère que vous prendrez autant de plaisir à le lire que j'en ai eu à l'écrire.

Merci à tous ceux qui sont venus voir le spectacle et/ou qui me suivent et m'encouragent sur les différents réseaux. Merci pour la force que vous me donnez.

Merci à Jean-Philippe Bouchard, mon producteur, d'avoir cru en moi, et ce, dès la deuxième représentation de mon *Spectacle alimentaire en attendant la pension*. Merci d'avoir misé sur moi, sur nous, d'avoir pris des risques, et de porter avec moi la plupart de mes projets.

Merci à Margaux Russo, mon éditrice, d'avoir tout de suite cru en ce livre. La fluidité et l'immédiateté de cette rencontre furent comme une déroutante évidence. (D'ailleurs, tu ne m'as pas raconté la suite de l'épisode où ton fils s'est fait gauler par la CPE du collège avec les cartes de strip-teaseuses que tu venais de ramener de Las Vegas…)

Merci à Emma Kobo et Maïté Ferracci de m'avoir accompagnée dans l'élaboration de ce livre sans jamais avoir rien dénaturé ni censuré.

Je ne pouvais pas rêver meilleure équipe.

Merci pour tous vos conseils, vos rires, vos encouragements et votre bienveillance.

Merci à Charlaine Marchal, mon attachée de presse, pour ton travail, ta patience (quand, par exemple, j'essaie tout un magasin pour ne finalement rien prendre, parce que je ne sais pas quoi mettre pour ma prochaine émission), merci de m'avoir emmenée chez Michel Lafon et de m'avoir présenté Margaux.

Merci à mes copines mamans du groupe WhatsApp « Les bombasses » (Odile, Sonia, Christine, Héloïse, Sophie, Élodie). Vous êtes mes amies depuis plus de vingt ans mais vous êtes aussi mes modèles, mes conseillères, mes soldats.

Merci à tous ceux qui ont participé de près ou de loin à l'élaboration de ce livre.

Merci à tous ceux que je cite au travers des conseils, ils existent vraiment. Cependant, excepté leur prénom et deux-trois détails, toute ressemblance avec des faits réels serait purement fortuite, je m'excuse donc pour toutes les conneries que je vous fais endurer (et je tiens à préciser que Tony n'a aucun problème érectile à sa connaissance, ni à la mienne, mais en revanche je confirme qu'il a bel et bien un joli petit cul moulé dans son pantalon de smoking en coton bio).

Merci à ma mère de m'avoir transmis son sens de la *punchline* et de la dérision.

Et j'adresse mon dernier merci comme je lui ai adressé le premier :

Merci, ma fille chérie. Je t'aime.

Table des matières

Composition
PressProd

Imprimé en Espagne
Dépôt légal : mai 2021
N° d'impression : 01
ISBN : 978-2-7499-4658-0
LAF : 3083